JN128656

昭和も遠くなりにけり

矢野誠一

白水社

昭和も遠くなりにけり

装幀＝唐仁原教久
デザイン＝藤井紗和（ＨＢスタジオ）

目次

Ⅲ　藝という世界　117

Ⅳ　劇場にて　181

I　東京やなぎ句会のこと　いろいろ

十二人の熱気あふれる才人たち

（「別冊太陽」二〇一八年九月）

一九六二年四月から六八年十二月までの毎偶数月、四十一回。八代目桂文樂、三遊亭圓生、五代目柳家小さん、八代目林家正蔵（彦六）、八代目三笑亭可樂、それに病癒えて途中から加わった古今亭志ん生をレギュラーに、内幸町の旧イイノホールを会場にした「精選落語会」のプロデュースをしたおかげで、当時はぱりぱりの若手だった連中をふくめ、随分多くの落語家とつきあいができた。

爾来五十六年が相たち申し候だが、気がつけばいまだに親しくつきあっている落語家は、そう、柳家小三治ただのひとりだ。

まさに往時茫茫……と書きかけて、あらためてこの四字熟語の意味するところを調べたら、「過ぎた時代のことはぼうっとなってしまって、はっきりしていないこと」だと知って小三治と過ごした五十六年間を振り返ってみるに、茫茫ならぬ具体的かつ明確な記憶が少なくない。

一九六八年のたしか十一月だったはず。麻布狸穴（まみあな）にあった何某会館で、名古屋在住の仏教学者関山和夫の出版記念会が開かれた。散会後、たがいに顔見知りだった永六輔、小沢昭一、江國滋、永井啓夫、まだ二ツ目で柳家さん八だった入船亭扇橋、それに私の六人で六本木の喫茶店に流れ、珈琲などのみながらおしゃべりをした。喫茶店だったのはメンバーのなかでアルコールを嗜むのが江國滋と私しかいなかったからだろう。この二次会もお開きということで、それぞれ自分の勘定を払うべく財布を取り出したのを見計らったように、小沢昭一が口をひらいた。

「せっかくこうして顔をあわせたんだから、このメンバーで月に一度くらいめしでも喰おうよ」

すかさずそれにさん八、つまりは扇橋が、

「めし喰うだけというのもなんですから、句会でもやったらどうです」

と提案したのである。

扇橋はこのときすでに光石という俳号で詠んだ句が、高浜虚子選の『季寄せ』に載っていた本格派だったが、ほかの誰ひとり俳句のハの字もやったことがなく、「歳時記」に目を通したこともなかった。そいつは面白い、いや面白そうだということになり、このメンバーに加えて大西信行、桂米朝、三田純一（市）、そして柳家さん治だった柳家小三治を誘いこんで、一九六九年一月に新宿の寿司屋銀八の二階座敷で発足、第一回が開筵（かいえん）され、この六月十七日に第五百八十七回を迎えたのが東京やなぎ句会なのである。会名は言い出し屁で宗匠役の柳家さん八の柳家から採った。柳家小三治は、同じ柳家小さん門下だった入船亭扇橋からこの句会に誘われたものだとばかし思っていたのだが、のちに神吉拓郎と加藤武の参加で最盛期には男ばかし十二名を数えた句友が、小三治と私のふたり残されてしまったとき、

「やなぎ句会に俺を誘ったの、矢野ちゃんだよ」

と言われた。言われたけれど、覚えてないのだ。このあたりは往時茫茫だ。

ふたりだけじゃ花札しかできないと、九七年以来句会の書記をつとめてくれている山下かおるに作句もかねてもらい、小林聡美、倉野章子の両女優、歌舞伎女方の中村梅花を仲間に引き入れ、四十二年間、五百回護りつづけてきた女人禁制が解禁された。新参加の面面はいずれも手強く、いまや完全に女性上位というこの国の社会傾向に即している我が句会だ。

「こんなはずじゃなかった」

と、毎回ブービー争いをしている小三治とぼやきあっている。


いま思い出しても、発足当時の東京やなぎ句会は熱気にあふれていた。最年長の三田純市が一九二三年生まれの四十五歳、いちばん若い小三治が二十九歳で私は三十三歳だったのだから、みんな若かった。すでに世に出ていたのは永六輔と小沢昭一のふたりだけだったと言っていい。柳家小三治との五十六年にわたるつきあいも、ほとんどと言ったらほんとうにほとんどが、月に一度の東京やなぎ句会でのものなのである。諸事情あって、このところ落語から遠ざかり気味の私は、正直に言うと、昨年一年間で数回落語会をのぞきはしたが、なかに柳家小三治の高座はなかった。

柳家小三治との五十六年のつきあいのうち四十九年を占める東京やなぎ句会だが、人生でいちばん大事な働き盛りの、それもそれぞれ職の違った男たちが、月に一度顔をあわせてきた歴史をふりかえると、いささか感慨ぶかいものがある。句会だから俳句に切磋琢磨していたかというと、これがそうではない。俳句そっちのけで、各人が持ちこんできた噂ばなしに興じるのだ。噂ばなしの大半がひとの悪口で、これがまた無類に面白いときているから始末が悪い。句会の出席率のすこぶるいいのは、欠席しようものなら、みんなにどんな悪口を言われているか容易に見当つくからだ。

なにしろ気のおけない連中ばかしで、おたがいつまらぬ遠慮や斟酌(しんしゃく)をしないから、我が句会の席はちょっと名状しがたい雰囲気で、世間一般でいう句会しか知らぬひとがのぞいたら、仰天することうけあいだ。めいめいが好き勝手なことをやっていて、そこにまた罵詈雑言のとび交うさまは、とてもこの国独自の短詩型文藝創造の場とは思われない。こんな句会が楽しくて、月に一度が待ち遠しく、みんなすこぶる機嫌のいい、滅多なことでは自分の家や仕事場で見せたことのない表情をうかべて会場にやって来る。仕事を離れた月に一度の息抜きの場なのだ。この東京やなぎ句会創設いらい、

「一度でいいから俳句抜きの句会をやろうよ」

と言いつづけているのが柳家小三治なのだが、さすがにこればっかしは実現しない。

かりそめにも句会だから、東京やなぎ句会もじつにしばしば吟行に出かけた。吟行の際の月番幹事は、毎度永六輔が買って出てくれた。このひと松尾芭蕉、大町桂月、山頭火や山下清をもしのぐ旅の達人で、彼の世話で出かけた吟行の数、海外の十回をふくめて百を優にこしている。むくつけき男どうし、それも同じ顔ぶれの珍道中が百回以上ときいて、

「きゃァ、気持悪い」

とのたもうた御婦人がいました。

吟行の旅先で出来した珍談奇談はそれこそ限り無くあって、なかでもいまだ語り草になっている

のが、バリ島にむかうべく乗りこんだ香港啓徳（カイタック）空港発のガルーダ航空の便が機体の故障で出航を見合せ、句友全員香港島のゲストハウスなるところに二人一部屋で投宿させられた一九八八年四月の一夜の顚末である。ゲストハウスと称するこれが、なんと日本流に言うラブホテル。壁三面鏡張りの部屋の、電動式円形ダブルベッドに、男ふたりが同衾する破目となったのだ。ちなみにこの夜の柳家小三治の相方は神吉拓郎。私と組合されたのは江國滋で、彼はこの成り行きをどこかに書いて原稿料稼ぎしているが、他人（ひと）のことは言えない、私もやりました。

東京やなぎ句会の吟行にかかわりなく、旅先で柳家小三治とふたりで過ごしたことが二度あって、この二度が二度とも、いま思い出しても私の人生にとって貴重この上もない時間となっている。

一度は一九八六年の夏だった。

まったくひょんなことから、三週間ひとりでニューヨークで遊ぶ機会に恵まれた。あらかじめ帰りの便の定められた航空券だったが、滞在中に一度行きたいと思っていたニューオリンズにも足をむけるつもりでいたのに、結果はあまりに刺激的な初めての都会に魅せられて、競馬場と劇場通いに明け暮れたマンハッタンを一歩も出ることなく終った。

残された旅程があと一週間と迫った頃だった。あとからきけば治安の面でかなり問題のある地域の安ホテルのベッドで、「さて今日はなにをしてやろう」と頭をめぐらしているところに、思いがけず電話のベルが鳴った。受話器を耳にあてたとたん、

「いつまで寝てやがんだい、いい加減におしよ」

と柳家小三治の声がとびこんできたので喫驚仰天した。きけば彼氏もニューヨークでの休暇を楽しむべく、数日前に到着したという。こちらの、ダイニングルームやバーもなければ、バスタブの栓は「エブリデー、ワンダラー」なんて木賃宿とちがって、あちらは超高級のプラザホテルときたもんだ。かくして私に残された一週間足らずのうち、小三治とともに過ごした楽しい時間が、いまだ記憶のなかにいきいきと甦ってくる。プラザホテルでランチを振舞われ、ベルモントパークの競馬場でフレッド・アステアなる馬に単勝式馬券を投じて無惨なる紙片と化したり、タワーレコードで小三治の大量の買物につきあったりしたものだが、白眉はウェストバリー・ミュージックフェアで聴いた「ペリー・コモ・ショー」だった。

たまたま目にした「ニューヨークタイムズ」紙面片隅に、この劇場だかホールだかの広告が出ていて、ダイアナ・ロスと日替りでペリー・コモの名があったのだ。ダイアナ・ロスは厚生年金会館ホールで来日公演を聴いているが、来日のとき逃してしまったペリー・コモは、いま聴かなければもうチャンスはないだろう。肝腎のウェストバリー・ミュージックフェアなるものに、いったいどう行ったらいいのか、チケットはどう入手したらいいものやら皆目わからない。ニューヨーク最後の三日間を過ごすべく、アルゴンキンホテルを予約していただいたニューヨーク在住の日本人商社マンの奥方に伺えば、ロングアイランドのウェストバリー・ミュージックフェアは、マンハッタンから車で小一時間かかるそうで、チケットの購入法を教わり、別のつてからペルー人の白タクをチャーターしての、ふたり連れだってのペリー・コモ・ショー見物とはあいなった。

テレビの「ペリー・コモ・ショー」で、「ブルースカイ」や「ホワイトクリスマス」に酔いしれて青春を送ったひとたちは、みんなもう年寄になっちゃって、「俺たちがいちばん若い客かもしれない」なんて冗談口たたきながら出かけたもので、ちなみにそのとき私めは五十一歳、小三治師匠は四十六歳でありました。そんな冗談口と裏腹に、ペリー・コモ自身が見るに堪えない老惨の姿をさらすのではという懸念を、ふたりがまったくいだいてなかったわけではない。そんな懸念を払拭させてくれた見事な舞台に小三治は感動しきりだった。無論私も小三治とまったく同じように胸打たれたのだが、なが年舞台を観つづけている擦れっ枯らしの客である私とちがって、小三治のばあい自分も同じ舞台に立つ人間として、ペリー・コモのこの上もなく上手に年齢をとっていく、その年齢のとり方に深く感ずるところがあったようである。

たしかに往年人びとを魅了した、あの甘いのびのある声はすでにない。だが、二千人をこす聴衆を相手に、人生そのものをささやき、語りかけるがごとくにマイクを手にした姿は、まさに歌と遊ぶ円熟の境地に達していて、藝の年輪以外のなにものでもない。自分が老齢である事実をまったく自然に受けいれて、へんに若ぶりもせず、かと言って年寄であることに甘える姿勢など微塵もない。藝人が生きることとの真実の姿を教えられた。

仕事柄、すぐれた藝には何度となくふれている。だが、そのすぐれた藝を、すぐれた藝の持主と席を同じくして享受した体験など、そうあるものではない。私にとってのそんな体験は、柳家小三治と聴いたペリー・コモだけだ。強いてもうひとつあげるとしたら、桂米朝とならんで観た、吉村雄輝の地唄舞『雪』。

柳家小三治より一足先にニューヨークから帰国して、六代目笑福亭松鶴の死を知った。もう葬儀も終っていた。滞在中、自宅との連絡を密にしてた小三治は知ってたらしい。

「教えようと思ったんだけど、あなたあのひと好きだったでしょう。どうせわかることだし、好きな落語家の死んだこと急いで知らせてもしょうがないと思って」

旅先ならではのこころづかいが、嬉しかった。

柳家小三治とふたりで過ごしたもうひとつの、記憶に残る大切な時間について書く。

一九九五年の四月だった。水戸芸術館に招かれて仕事をした柳家小三治との帰途、上野までの一時間ほどスーパーひたちの車内で、しみじみと過ぎこし方をかえりみあったのだが、はなしはすべて東京やなぎ句会のことだった。句友十二名の性格分析。なかには軽い揶揄、打擲（ちょうちゃく）をふくめた栄辱にかかわることもないではなかったが、結論を申せば、もしも東京やなぎ句会がなかったら、十二名ともそれぞれ別の人生を送ったに相違なく、おそらくいまとはかなり違った立場に置かれているだろうということだった。そして間違いなく言えるのは、十二名の誰もが、もっともっと、ずうっと嫌な年寄になっていたはずだと笑いあった。

その十二名のなかで、柳家小三治とふたりが残されたいま、おたがいあのスーパーひたちの車内で語りあったとおりの人生を送ってきたとつくづく感じる。おそらく小三治もそうだろうが、東京やなぎ句会はわが人生で最高の学舎だった。

いささかわが句会の惚気が過ぎたが勘弁していただきたい。私の柄も、もしあるとして徳も、すべて東京やなぎ句会でつくられたように思う。と言うことは、いちばん長い時間、私は柳家小三治の影響を受けてきたことになる。

気がついて愕然としてるのだが、この二年ほど私は柳家小三治の高座にふれていない。小三治ばかりではなく、落語そのものを聴く時間がなかなかとれない事情があってのことなのだが、毎月の句会で直接耳にしたり、大佛次郎の『ドレフュス事件』がらみで私のことを高座でしゃべっていたと友人から知らされたりして、自分も聴いているような気になっていた。夏目漱石の三代目柳家小さん論ではないが、「いつでも聴ける」と思うことの許されない年齢に私もなっている。柳家小三治のスケジュールなど調べなくてはなるまい。

もう少しだけ紙数が残されているので、最後に私事を書くのをお許し願いたい。

二〇一五年十月、私が五十年連れそった荊妻（けいさい）に先立れた際、柳家小三治は私の顔をじっと見て、

「なんにも言えない」

と言ってくれた。

なんにも言えない――これ以上の悔やむ言葉を私は知らない。

安息日の近況

（「日本経済新聞」二〇一四年十月十二日）

毎月十七日は私の安息日である。そんな気分でこの日を過ごすようになって、いつの間にか三十年をこしている。

一九六九年一月に発足し、四十五年目のこの十月の月例句会が第五百四十三回になる東京やなぎ句会の開筵日を、五・七・五にちなんで毎月十七日とすることにきめたのが、一九八一年二月の第百四十二回のときだった。爾来十七日は句会のために一日あけて、仕事をしないようあらかじめ調整している。仕事をしないといっても、私のような居職渡世の物書きは、それこそその気になれば毎日が安息日でいられるのだが、この句会の同人には、役者、落語家、タレントなど、実際にその身を現場にはこばないことには仕事にならない職種の人が少なくないのだ。そのひとたちは、年があらたまるとスケジュールを記入する新しい手帳の、毎月十七日の欄をまず埋めてかかっているようだ。

思い出しても暑かった一九九四年の夏に神吉拓郎が逝くまで十二人を数えた句会同人を五十音順（なにせこの句会は序列にうるさい世界の人間が多い）に記せば、入船亭扇橋、永六輔、江國滋、大西信行、小沢昭一、桂米朝、加藤武、神吉拓郎、永井啓夫、三田純市、柳家小三治、それにやつがれ、とこうなる。神吉拓郎を追うようにその夏三田純市が世を去り、九七年八月江國滋、二〇〇六年十一月永井啓夫、一二年十二月小沢昭一と、いたしかたないこととは申せ四十五年のあいだに五人の句友を彼岸に送ってしまった。いまさら驚くほどのことではないが、この句会に集ったひとのなかで、世に言うところの定職についてそれを全うしたのは、日大芸術学部教授だった永井啓夫ただひとりだった。若い時分のほんのいっとき大西信行がＮＨＫで禄を食んだことがあるにせよ、組織のなかでの複雑な人間関係の柵を味わわされたひとが皆無なのだ。良くも悪くもそのことが、それぞれの句友の性格、気質、人柄の形成に多分に作用してるのは間違いない。

句友が一人減り二人減りしはじめた頃、同人の補充はしない方針でもあり、何人に減ったところで解散するのか、冗談まじりに語りあったものだ。囲碁、将棋、花札じゃあるまいし、婆抜きや句会はふたりじゃできない。

目下のところ残された句友七人のうち、宗匠の入船亭扇橋は患って床にふしているし、桂米朝は大阪在住とあって毎度の出席はままならない。出席五名というのはいくらなんでも寂しいので、毎回ゲストを一人か二人お招きして、賑やかしにご協力願っている。そんなゲストのひとりであった女優小林聡美の、はきはきと小気味よい気風の評判すこぶるよろしいので、二〇一三年九月の第五百三十回から同人として正式参加していただくこととは相成った。かくして一九六九年発足いらい四十四年間堅持されてきた、ゲスト以外女人禁制の枠が取払われた。俳号赤目を名乗る彼女、ユニークな句風で毎度同人を煙にまき、成績すこぶる優秀なのである。

かたくなに護られてきた同人は女人禁制の鉄則だったが、投句を清記するほか、句会で生じるこまごまとした雑事を取りしきる書記役は、発会いらいご婦人の手を煩わしている。たった一度だったがピンチヒッターで平松洋子さんがつとめてくれたこともある。もうずいぶんと昔のはなしだ。当代の書記山下かおるは、多分六代目か七代目になり、まだ旧姓だった九八年頃からだから、もうかれこれ十六年になる。歴代の書記のなかで最長期間になるだろう。

山下かおるが書記をつとめはじめた頃から、句友の肉体的老朽化が一段と亢進したため、書記本来の仕事に加えて、なにかと句友の身のまわりの世話をやくケースがふえてきた。彼女の協力なしには吟行句会は成立しないと言っていい。この句会には松尾芭蕉、大町桂月、若山牧水もびっくりという旅の達人永六輔がいるので、彼の月番幹事で津津浦浦吟行の旅に出る。これまでに出かけた吟行の数だが、海外の十回をふくめ百回を優にこしている。無論そんな吟行に書記山下かおるも同行するのだが、その書記をつかまえて、やれ、

「弁当にはいってる醬油が袋から出ないんだけど」

だの、

「切符の字が小さくて読めない。どこにすわればいい」

「ホテルのキイ貰ったかしら」

「トランクがあかないよォ」

などなど、老人の団体旅行の添乗員だってしないことまで押しつけて、頼りにしきっている。誰かが「かおるちゃんは書記で、介護士じゃないよ」と口にしたら、彼女ほんとに二級介護士の資格を取っちゃった。嘘から出たまことだ。

一九九六年に桂米朝が重要無形文化財保持者に指定された。いわゆる人間国宝である。東京やなぎ句会としても思いがけない慶事で、伝えきいたときは大層盛りあがったものである。盛りあがって、小沢昭一の詠んだ戯句。

　国宝も国辱もゐてやなぎかな

ことしの柳家小三治で、この句会には人間国宝がふたり在籍してることになった。専属介護士もさることながら、人間国宝がふたりもいる句会なんて、天下広しといえどもわが東京やなぎ句会だけだろう。そろってがたのきている国辱五名にとって、こればっかしは大いなる誇りだ。

競馬の俳句

（「炎環」二〇一四年三月号）

土砂降りの雨のなか、二本柳俊夫騎手のオートキッツがぶっちぎりで逃げ切った、一九五五年の日本ダービーがビギナーズラックだったのだから、私の競馬歴もながい。自慢にもならないが、一九六九年一月発足に参加した、東京やなぎ句会での句歴をはるかに凌いでいる。

月に一度開筵される定例句会が、この一月で五百三十四回になる東京やなぎ句会の同人には、宗匠の入船亭扇橋、小沢昭一、大西信行といった私と同様に競馬に目のない輩も顔を揃えているのだが、句会の席で俳句そっちのけの馬談義に引きかえ、意外なくらい馬の句を詠まない。詠んだところで誰の句だか見当ついてしまい、選に抜かれる可能性が低いのが、詠もうとしない理由かもしれない。

入船亭扇橋さんと私は、毎年の皐月賞、ダービー、天皇賞、ジャパンカップ、有馬記念などのGⅠレースに、中央競馬会機関誌「優駿」の執筆者ということで、東京競馬場だとダービールーム、中山競馬場ならクリスタルルームに招待されるようになって、かれこれ三十年になる。嬉しいことだ。嬉しいことだから、朝の一レースから出かけていくのだが、ドレスコードがあるので滅多にしないネクタイを結ぶのに毎度往生している。三十年のあいだにはこの部屋で親しく競馬を楽しんできた虫明亜呂無、山口瞳、古山高麗雄、本田靖春、武市好古、常盤新平などなど、幽明境を異にしたひとも少なくない。私の競馬歴はひととの別れの歴史でもあるのだ。

入船亭扇橋さんは、俳句のはの字とも縁のなかった私たちが集まって東京やなぎ句会をこさえたとき、すでに光石の俳号を持ち、高浜虚子選の『季寄せ』に例句が採用されていた。水原秋櫻子門下で、「馬酔木」できたえられた本格俳人なのである。「優駿」のページを飾る「優駿俳壇」の選者をながいことつとめていた。

その扇橋さんが、二〇一一年の秋、病いに倒れ目下療養中なのだが、なが年の句友のよしみで、その年の十一月号から不肖私が扇橋さんの代理で、「優駿俳壇」の選考をつとめさせていただいている。毎号相当数になる投稿句のなかから七句を選び、それぞれに短いコメントをつけているのだが、選者吟というのを一句載せなければならない。

そんなわけで、月産五句の句会でも詠んだことのない馬俳句を、毎月一句ひねりだしている。なかから選んだ十句で、責を果たさせていただく。

*

春立ちてピアスの乙女馬を曳く
花の雨遠まはりして行く競馬場
サングラスほしき競馬となりにけり
日盛の赤き襷や勝負服

大夕立人騒がせな放馬かな
入厩は三日のちとか赤とんぼ
遠花火閉鎖きまりし競馬場
小春日の三歳牝馬に見つめられ
予想紙と煙草を買ひにちやんちやんこ
馬運車のすべるがごとく冬木立

見てきて　小沢昭一

（「悲劇喜劇」二〇一四年八月号）

一九四七年四月、最後の国民学校卒業生ということは六・三・三制新教育体系一期生として麻布中学に入学したのだが、既に旧制の中学を卒業して大学進学をひかえていたグループが三階の物理教室に陣取って、文化祭の行事などを先輩として仕切っていたなかの、小沢昭一は中心人物だった。爾来六十五年に及ぶ交遊で、六歳年上のこの先輩から教えられたことのあまりの多さに気がついて、彼岸に旅立って一年半、まだたじろいだままでいる。

舞台人としての小沢昭一の仕事ぶりを、俳優座スタジオ劇団新人会、俳優小劇場、芸能座、ひとり劇団のしゃぼん玉座と観つづけてきたのだが、そのこと以上に一九六九年一月の発足いらい、毎月一度の定例句会がこの六月で五百三十九回になった東京やなぎ句会の同人として席をともにしてきたことのほうが、私には深くて重い。吟行をかねた旅行も、十回の海外をふくめて優に百回を越している。

多方面に及んだ仕事先で、小沢昭一の見せた表情、態度、要するにその素顔のさまを何度となく耳にして、私たちの句会の席や吟行の旅先などで目にする小沢昭一のそれとのあいだのあまりの落差に、少しばかり驚かされてきた。これは東京やなぎ句会の同人みんなに共通したことでもあるのだが、句会の場でだけはほんとの自分の姿をさらけ出してきた。仕事先などでは絶対に見せないであろう、嬉嬉とした表情で会場にあらわれた。四十五年になんなんとする年月、みんながみんな月に一度の句会をそうやって楽しんできたのだ。

二〇一三年十二月に、岩波書店が『友ありてこそ、五・七・五』なる、これが三冊目になる東京やなぎ句会のアンソロジーを出してくれた。残された句友が、それぞれ小沢昭一への思いを追悼のエッセイに記したのだが、なかの柳家小三治の「昭ちゃん」の末尾十四行を引用させていただく。私たちに見せてきた小沢昭一像が見事に透視されている。


どれがほんとの小沢昭一だったのか。

「四十年来のやなぎ句会での素顔」

「小沢昭一的こころ」

「唐来参和」

「芸能座」

「芸能研究家」

「新宿末廣亭高座の十日間」

「数々の映画出演」

「ハーモニカ」

「佐渡での小三治との対談」

小沢さん。
あなたはどれが本当のあなただったの？
それとも本当のあなたをあなたは演じていたの？
演じ通していたの？

小沢昭一は、数多い自分の著作のなかや、ジャーナリスト相手のインタビューなどで、しばしばのように「若い時分落語家に憧がれた」と語っている。結果として寄席の世界にとびこむことをしなかったわけだが、その理由のひとつとして、場末の女郎屋の店先で、仕事にあぶれている娼妓といっしょんなって、飄客に声をかけている春風亭枝葉（このひと新宿末廣亭の木戸番として死んだ）の姿を見て、あっち側の世界にはいりこめない自分を感じた、と書いている。これは小沢昭一論のひとつの糸口になるだろう（それにしても小沢昭一解明には、糸口が多すぎる）。

結果として、寄席藝人とは対極の位置にあった新劇を選び、俳優座養成所に入所する。早野寿郎、高橋昌也と席をならべた二期出身、俳優座スタジオ劇団新人会結成に参加というキャリアは、当時のこの国の演劇事情にあって超エリートコースと言っていい。

藝する人としてのおのれの進路に、落語家を選ばなかった小沢昭一の真意を慮ってみるのだが、誤解を恐れず言うなら、当時の落語界が小沢の言う「あっち側」に位置していた事実が、その判断を左右させたのは間違いない。つまりあの時分の若者が、職業として落語家を選ぶには、喰えないにかかわりなく、「身を落す」意識なしには決断できなかった。日本敗戦による価値観の変動は、職業に貴賤のないことを教えたが、一般社会人とはいささか違う倫理観の生きていた藝人、それも寄席藝人とのあいだには、深い溝が横たわっていたのだ。そんな風潮が払拭されて、落語家が伝統藝能の担い手として社会に容認され、それなりの地位を獲得するに至らせた最大の功労者は、やはり古今亭志ん朝と立川談志だろう。実際このふたりとほとんど同時期に落語家の門をたたき、落語家の組織一方の雄である落語協会会長をつとめた柳家小三治など、素っ堅気の両親から、落語家になるに際してほとんど憎悪の眼で猛反対されたのを明らかにしている。ちなみに小沢昭一との年齢差は、志ん朝と九歳、談志と七歳で、小沢の言う「あっち側」とのあいだの垣根が取り払われるまでに、それだけの時間を要したということになる。これから世に出ようという若者にとって、五年、十年はけっして短いものじゃない。

小沢昭一世代の新劇人にとって、千田是也の薫陶を受けたというのは、そのことだけで誇っていい肩書になるが、その師千田是也から唯一褒められたという自作自演の講談『小山内薫伝』を聴いている。会場は旧俳優座劇場だった。後年当人にきいたところでは、新人会の分裂によって誕生した俳優小劇場の後援会発足を記念して、特別公開した一日限りの催しのプログラムのひとつだったようだ。舞台真んなかにおさまった釈台の、客席から見て左わきに置かれた豚の蚊取線香入れがかすかな煙を吐き出しいるなか、張扇をつつんだ袱紗を手に登場した小沢昭一が、釈台を前に座について深深と一礼する。ここでおもむろに張扇を取り出してピシャリと釈台をたたく、と誰しも思うところだがそれをしないで、ただ黙って客席を見渡している。そのまま、いったいどのくらいの時間が経過しただろう。ひとりっきりの舞台で、いつまで沈黙に耐えることができるか試みているかの如きこの姿にむきあっている客席の反応も、楽しみ半分の気持で観察をつづけながら、おたがいどちらがしびれを切らすか、我慢くらべの闘いが、まさに起爆寸前の状況になったとき、やおら張扇を取り出しピシャリとやると一拍置いてにこりと笑った。静かな笑いが客席全体に行き渡ったのを、いまでもはっきりと思い出せるのに、肝腎のそこから先のおそらく久保栄による評伝をネタ本にしたのであろう『小山内薫伝』の印象のほうは、すでに曖昧模糊としている。

いずれにしても、新劇の大頭目千田是也から激賞された唯一の舞台が、寄席演藝の範疇に加えられる講談であったことは、小沢昭一若き日の思いと、その後の軌跡を考えたとき、多分に象徴的な事実だったと言っていいだろう。

告別式の弔辞で加藤秀俊が、いみじくも「小沢学」と名づけた放浪藝探索という、前人未到というより未踏の大仕事は、一九七一年から八四年、小沢昭一四十二歳から五十五歳の、まさに脂の乗りきった人生盛りの時間を費してなされた快挙だった。病に臥し、病院のベッドで毎日「職業別電話帳」のページをめくり、一時は真剣に転職を考えた身が癒えて、おのがなりわい「わざおぎ」の原点をさぐろうと思い立ったのをきっかけに、まだ重かったテープレコーダーとカメラを肩に、津津浦浦くまなく足をのばして実った成果だ。こうした民俗学でも、社会学でも、藝能学でもない、「小沢学」をもたらした小沢昭一の、世の学者、研究者とはまったく異った視点と姿勢を、「ただの道楽」と言い切る爽快さに至るまでの十年をこす時間内でのさまざまな体験が、役者小沢昭一晩年の方向の指針となったのは間違いない。

小沢昭一は、失われゆく放浪藝探索の旅で、いにしえの藝能者たちが放浪という社会から隔絶された世界での生活者となることで、放埒で、したたかな、いささかの毒をふくんだ固有の技術を身につけ、そのことによってその日の糧を得るために知恵とエネルギーを傾けていたのを、あらためて思い知る。思い知るのだが、それは生易しい努力で得たものではなかった。いまなおしたたかに生きつづけている彼らの風姿風貌に、閉鎖社会を自らの居所とすることから生じたに違いない、とてつもない頑固さを見出し、それにぶちあたる。その頑固さは、簡単に他人を寄せつけようとしない、「あっち側」の人びと特有のもので、外から吹きこんでくる風を極端に警戒してみせる。それはこの世界で生き抜いていくためその身についた、彼らにしか持ち得ない本能的な技術なのだった。

この強固な厚くて高い壁を乗りこえ、こじあけようとするには、自らがその閉鎖社会、つまりは「あっち側」にはいりこむことしかない。実際に、三河萬歳の才蔵役をつとめ、正月の街を門付けして歩いてみせた。こうして、あっち側の人になってなお、どこかで身をやつしているかの気分を払拭できずにいるおのれの姿を、醒めた視線でとらえることも忘れなかったあたりに、小沢昭一の真骨頂がある。自らあっち側に入りこんだ実地体験にもとづいた発見に加えて、母校早稲田大学の郡司正勝教授の研究室に通いつめた研究成果が、幾多の著作、レコード、CD、ビデオ、DVDなどに集大成され、一年間にわたる放送大学の講座「芸能と社会」に実らせ、小沢学を確立させたのだ。

小沢昭一は、道楽と嘯きながらその実渾身を投入した放浪藝の探索研究作業と並行して、新劇俳優としての歩みをつづけていったわけだが、最初から五年間と区切って活動した芸能座解消後、井上ひさし、木村光一、早野寿郎らによる新劇団設立構想から離脱、ひとり劇団しゃぼん玉座樹立に至ったについては、小沢学確立の過程で、劇団という組織のアンサンブルによって成立する「演劇」の呪縛から逃れ、よりパーソナルな「藝」におのれを投入しようという強い意志が育まれたことを無視できない。

自作自演『小山内薫伝』に始まり、新劇寄席と銘打った俳優小劇場公演、田中千禾夫『とら』、三越劇場の三越名人会で演じられた永井荷風『榎物語』、自分としては不首尾な出来で時間さえ許せばつくり直したいと言いつづけていた、井上ひさし『芭蕉通夜舟』、そして井上ひさし『唐来参和』に結実する一人芝居。さらに加えて節談説教『板敷山』、ハーモニカによる昭和歌謡史、TBSラジオ『小沢昭一の小沢昭一的こころ』、新宿末廣亭十日間出演などなど。これらは幼い頃から慣れ親しんできた落語、講談、浪花節、萬歳と漫才、浄瑠璃、説教節、紙芝居、のぞきからくり、大道香具師の口上に至る、ありとあらゆるこの国の話藝を内蔵した小沢昭一の役者的教養に裏打ちされたものなのだ。

その体得された役者的教養を存分に発揮したこれらの舞台や放送で、真からあっち側の人になりきれなかった韜晦に似た思いをいだきながら、若き日の憧憬をこんな独自の方法で果していたのではあるまいか。結果として、これらの業績がこれからの時代の演藝の規範になったのはたしかだ。

と、こう書いて、与えられた「次代に伝える」という特集のテーマには、ふさわしくないのに気がついた。というより、気がついたもなにも私は最初からそのことを意識しながら、この稿をすすめてきたのだ。つまり、小沢昭一の成しとげた小沢学も、体得した役者的教養もきわめてパーソナルなものであって、すべてと言ったらすべてが、「次代に伝える」ことを不可能にしている。もっときびしく言えば拒否している。小沢昭一の業績は小沢昭一一代限りのものなのだ。これからの時代の演藝の規範と言っても、それは規範という絵に描かれた餅で、誰も手にすることができない。かねてより小沢昭一に私淑の思いをいだき、ある種の後継者たらんとの志の感じられる中西和久にしても、技術と学識は無論のこと、複雑多岐につきる小沢昭一の精神構造の皮膜にすら到底近づくことなどできはしまい。

文字通り多様多彩に及んだ小沢昭一の業績の、ほとんどすべてに高い評価が与えられてきたのだが、それらの仕事のどれひとつとして、自分のほうからしかけたものの無かった事実には、あらためて驚きを禁じ得ない。

小沢学の確立という畢生の大仕事に実った放浪藝研究にしても、きっかけはレコード会社のビクターから持ちこまれた企画で、それも大道香具師の口上を録音して解説をつけるという程度のものだったようにきいている。そんな企画を、滅びゆく放浪藝の挽歌を求め、津津浦浦探索の旅に出たことで、あれだけのものに大系づけてしまった小沢昭一の才覚に、プロデューサーは舌を巻いたという。

通算一万四百十四回に及んだTBSのラジオ番組『小沢昭一の小沢昭一的こころ』も、企画立案は放送局側で、当初はあれほど長期化するとは考えていなかった。放送局側の企画に対し、小沢昭一は作家陣の指名と、番組製作にあたってのロケーション・ハンティングを重視するとの条件をつけている。同じ時間枠のテレビ番組並の製作費を要求し、TBSがそれをのんだことが長寿番組化した最大要因と言われている。結果として、レコード会社や放送局の担当者は、小沢昭一の仕事だけで社員としての業務を終え、定年退職後も嘱託として小沢昭一との共同作業をつづけた。人間的な信頼関係なしには考えられないことだが、企画を持ちこんだ当事者の予想をはるかにこえるスケールに発展させてしまう、小沢昭一のプロデュース感覚には、感嘆するほかにない。

長かった小沢昭一との交誼でわかったことだが、小沢昭一は熟慮の人である。日常のなに気ない会話のなかで、ふと思いついたかのように口にするひと言が、熟慮の末の発言であったのにあとになって気づかされたことが何度あったか。つね日頃熟慮に熟慮を重ねていればこそ、とび込みのようなかたちではいってくる仕事に対しても見事に対応することができる。あらかじめ貯えている想定図を、さもいま思いついたかの風情でさり気なく差し出す。差し出された想定図が自分の思惑とちがっていても、熟慮の果てのものとあってつけ入る隙がない。自然小沢昭一ペースでことがはこぶ次第なのだ。

最後に、珍しく小沢昭一が自分から仕かけた企画で、結局思いがかなわなかった幻の舞台のことを記しておきたい。かねてから高勢實乘という珍優に格別の興味をいだいていた小沢昭一が、その高勢實乘と、高勢實乘に憧れている少年の二役を演じる『高勢實乘伝』なる芝居の台本を色川武大に書かせ、三木のり平が演出にあたるという構想である。同世代の小沢、色川、のり平の三人が乗りに乗った企画で、四谷あたりで何度も打ちあわせを重ねていたのを知っている。なにかの用で私が色川武大と大阪に出かけたとき、高勢實乘の関係者に取材するため色川武大が足をのばしたのにもふれている。結局この企画を断念するに至ったのは、調べをすすめるうちに判明した事実にかかわることが原因で、これ以上は書かないが、目にした三人の無念ぶりを忘れることができない。

結局私も、柳家小三治の呈した、
あなたはどれが本当のあなただったの？

それとも本当のあなたをあなたは演じていたの？

演じ通していたの？

という疑問に答えを見出すことができずにいる。だが、その時どきに見せてくれたさまざまな、本当なのか、本当らしいのか判然としない小沢昭一からとてつもなく大きなものを、受けとったのはたしかだ。

小沢昭一は自分がひそかに畏敬していた中村伸郎、色川武大、三木のり平がそうであったように、冷厳なリアリストで、エゴイストたらんとしていたような気がする。

小沢昭一さんの形見

（「週刊朝日」二〇一四年六月二十七日号）

小沢昭一が、最初から活動期間を五年と定めて結成した芸能座の旗揚げ公演は、永六輔作『清水次郎長伝・伝』で、演出の小沢昭一も演出者の役で出演していた。一九七五年三月のことである。講談や浪花節では、もっぱらヒーローとして奉られてきた海道一の大親分の、権力志向者としての貌のほうに焦点があてられているのが、格別に刺激的だった。

世上に膾炙している清水次郎長なる人物像のおおよそは、講釈師三代目神田伯山の高座によっているところ大とされている。その伯山十八番『清水次郎長伝』の出典が、天田愚庵（あまだぐあん）『東海遊俠傳』であるのも知られている。

禅僧の歌人天田愚庵は戊辰戦争中に父母妹と生別、西南の役に参加し、岩倉具視暗殺を企てるなどしたが、山岡鐵舟の紹介で清水次郎長に寄宿、一八八一年（明治十四）養子となっている。『東海遊俠傳』は、「一此書固ト次郎長一家ノ傳記ニ係ル」とあるのだが、次郎長存命中、しかも拘留中の釈放に益する目的で書かれているため、その功績をたたえることに終始していると言われていた。芸能座の『清水次郎長伝・伝』では、作者の永六輔自身が天田愚庵役で出演し、そのあたりの解明にあたっていた。劇中で、「天田五郎（愚庵）は、清水次郎長の神話、伝説を書き、僕達はそれを楽しんできた」と語っていたのを覚えている。

明治大帝の侍従で、やくざの親分や三遊亭圓朝のような藝人とつきあいのあった山岡鐵舟の皇国史観とどうむきあいながら、天田愚庵は荒神山（こうじんやま）の争いで沢山の子分を裏切った清水次郎長の伝記を書いたのか。この芝居を観て、なんとしても『東海遊俠傳』を読みたくなった。読みたくなって、古本屋をさがしまわったが見つからない。毎月顔をあわせている句会の席で『清水次郎長伝・伝』を打ち上げた小沢昭一さんに、さがしあぐねてるとはなしたら、「もう読まないから」と手持ちのものを貸してくださった。「昭和九年七月一日發行（六版）」とある政教社出版部刊の『愚庵全集』で「定價金壹圓九拾錢」とある。

二〇一二年十二月、小沢さんが彼岸に渡ってしまい、返さぬままの『東海遊俠傳』が形見になってしまった。ながかった小沢さんとの交遊をしのびながら、「最後の読書」にとっておくつもりだ。

獏十　大西信行

（「毎日新聞」二〇一六年二月二十九日）

師正岡容の影響だろう、若き日の大西信行は無頼を気取り、奔放不羈に振る舞った。「酒ののめない平手造酒」とかげ口をたたかれ、敵も多かった。私にも不仲だった時期がある。

いまの夫人とめぐり逢い、居を三島に移して、ひとが変わった。他人を思いやる気持ちや、やさしい気遣いを照れずに発揮するようになったのだ。それでいながら毒舌と小言のうまさは、生涯失われることがなかった。

一九六九年に、三一書房『古典落語大系』の責任編集にあたったとき、自分の職業を「やはりこうでありたいから」とつぶやきながら大きな字で「劇作家」と記したのにふれている。映画やテレビの脚本で、すでに高い評価を得ていた身の、志のありどころを見せられた。

その劇作における代表作『牡丹燈籠』は、無駄に饒舌な辻褄あわせに終始している三遊亭圓朝の原作を凌駕している。あえて怪談のレッテルに固執することなく、伴蔵・お峰夫婦が幽霊の手助けをして大金を得た結果、人生を狂わせてしまう、人間の哀しい弱さに焦点を合わせたドラマに仕立てあげたのが手柄だ。

毎十七日に開筵している私たちの句会では、博徒ならぬ獏十の号で豪快かつ繊細な彼らしい句を詠んでいた。体調を崩してからは電話参加で、「眉失せて乙女かなしき冬帽子」が最後の句になった。

一月十五日、電話参加もかなわぬ由夫人から連絡があり、句会の翌日、すでに十日に亡くなっていたとの報告を受けた。句友に余計な心配をかけぬようとの遺志からだときき、手だれの芝居者よろしく、「格好よく幕を切りやがって」と、こころのうちで拍手を送った。

エトランゼの軌跡

（「上方芸能」二〇一五年九月号）

もし、桂米朝という異数の藝術家が、生粋の大阪人で、徳川三百年の施政下にあって、町人たちが育みつづけたこの商都に固有の言語、風俗、習慣、世態、人情など諸諸の文化に、かたくなに固執しつづけたとしたら、こんにちの上方落語はもとより、上方藝能全般の位相は多少ともかわった色彩のものになっていたはずだ。

岩波書店刊『桂米朝集成』第四巻所載の詳細きわまる「桂米朝　年譜」によると、桂米朝（本名中川清）は、一九二五年（大正十四）十一月六日、中国東北部（旧満洲国）大連市に生まれている。兵庫県姫路で郵便局に勤務していた父親が、中国勤務を望んだためである。四年後、父の転勤により奉天（現・瀋陽）に移転している。米朝は六十六歳になっていた一九九一年、小松左京と連れ立って生まれ故郷である大連のほか、北京、西安などを訪れている。

一九三〇年、一家は帰国。姫路に移住するが、八歳になっていた三三年に父に連れられ大阪道頓堀の中座で観劇、夜は法善寺（南地）花月で落語や漫才にふれて以後、父とともに年四、五回は大阪に出かけ、芝居や寄席の客になっている。人生途上で重要な機縁となる出会いをそう呼ぶなら、桂米朝と上方藝能のまさに「邂逅」であった。

満洲国は、清朝廃帝溥儀を元首として擁立、一九三二年に建国された関東軍が中心の日本の傀儡国家だが、建国に投じた日本の一般市民には、理想国家を夢見た知識人も少なからずいて、米朝の生地となった大連など、文化的施設において日本国内のそれを凌駕するものもあり、植民地や租界に特有の洗練された生活環境をそなえていたと言われる。幼い年頃を、そうした風土のなかで過ごした体験が、成長した桂米朝に物事を、土着性に影響されない醒めた視線でとらえるすべを身につけさせたと考えられる。

三八年に父延太郎を失い、父の生家の九所御霊神社神主不在の事態に、米朝は旧制姫路中学五年の夏休に神戸生田神社で講習を受け、神主の資格を取得している。四三年に姫路中学を卒業、上京して大東文化学院に入学した。米朝の漢籍や江戸文藝の豊かな素養の背景をここに見るのだが、この在学中に、正岡容の門をたたいたことが桂米朝の畢生を定めたと言っていい。

一九〇四年東京は神田に生まれ、若くして歌集『新堀端』、長編小説『影繪は踊る』を発表、芥川龍之介をして天才と言わしめた正岡容は、異色の演藝作家で評論家だった。永井荷風、吉井勇に傾倒、淫するがごとく寄席演藝の世界にのめりこみ、旺盛な執筆活動の一方で、東西を股にかけて活躍した名人三代目三遊亭圓馬に師事、「漫談文士落語」と銘打ち自ら高座にあがっているのは、荷風若き日の顰に倣ったものだろう。大阪滞在体験の生かされた正岡容の上方落語に対する見識の深さは、当時東京在住の藝通、好事家、評論家のまったく未到の境地にあるもので、まさに独壇場だった。「大阪落語」の呼称との併用も目立つが、文章上に「上方落語」と明記した嚆矢でもある。

戦時下に二度にわたり五代目笑福亭松鶴を招き、自ら「解説」役を買って出るなど、東京の人間に初めて本格的な上方落語を紹介したのも正岡容の手柄だ。

従来の徴兵検査年齢の一年くり下がった一九四四年、第二乙種合格の十九歳の桂米朝に入隊通知がくる。見納めのつもりで、京都南座の顔見世、大阪中座の芝居、寄席の曽根崎花月に通いつめ、四五年二月姫路十師団三十九聯隊に入隊するが、急性腎臓炎の診断を受け、姫路陸軍病院に移送され、ポツダム宣言受諾により日本が無条件降伏した八月十五日を迎える。

平和の訪れとともに、上方落語復興の機運が盛りあがる。五代目笑福亭松鶴、立花家花橘、橘ノ円都、文の家かしく、四代目桂米團治などにより、上方落語復興の機運が盛りあがる。姫路市飾磨区役所の臨時雇、占領軍の雑役、雑貨卸会社に就職するなどして餬口をしのいでいた米朝は、復興にかける上方落語家の活動に意気投合、自ら「姫路上方はなしを聴く会」を発起する。

注目すべきは「年譜」の「昭和二一年（二一歳）」の項に、「三月二二日、NHK大阪放送局（BK）から、中川清の新作落語『莨道成寺』が林龍男（のち花柳芳兵衛）によりラジオ放送される」とあることだ。言うまでもなく中川清は桂米朝の本名だが、林龍男は初代桂小春團治。師の春團治歿後吉本を追われ、一時期東京に逃れた。自ら『夜店行進曲』『禁酒運動』『廃娼論』など昭和初期の社会風俗に材を得た多くの新作落語を発表しているが、桂米朝の創作落語第一作を口演したことになる。ちなみに『莨道成寺』は、敗戦後創刊の相次いだ新雑誌のひとつで、一九四六年九月に第一号を発行してより、四九年五月の第十五号まで刊行された、光友社を版元とする寄席演藝研究専門誌「新演藝」の四八年四月刊第九号に、「新作大阪落語　中川清『莨道成寺』」として掲載されている。林龍男による放送後二年たって活字化されたことになる。これには「あとがき」があって、江戸時代の小咄に材を得ており、「上方咄界、近世の巨匠二代目曾呂利新左衛門のネタ帳はステ（小咄のこと）として『莨道成寺』の名がある」ことが記されている。

一九四七年二月に笑福亭松之助が父の五代目笑福亭松鶴に、四月には桂小春が父二代目桂春團治に、桂あやめが四代目桂文枝に入門。そして九月、神戸の会社づとめの傍ら中川清が四代目桂米團治に入門、桂米朝を名乗り、それぞれが落語家の道を歩み出している。松之助は六代目笑福亭松鶴、小春は三代目桂春團治に、あやめは五代目桂文枝になるのだから、いっときは崩壊したとまで言われた上方落語の復興にちからを発揮した四天王が、そろってこの年落語家の洗礼を受けたことになる。研究者たらんとしていた学究肌の米朝が実践者の道を選んだのは、師正岡容の強い説得があったからだと言われている。

と、ここまで必要以上に長ながと、それも執拗に桂米朝が落語家になるまでの道筋を追ってきたのにはわけがある。落語家になるまでの一個人桂米朝、というよりここは中川清がたどり、その身を置いてきた生活環境のなかに、大阪というこの国にあってほとんど唯一純粋の町人社会を形成してきた歴史を持つ都会と、密着したものがない。旧満洲国、姫路、東京と、いずれも遠い、近いの差はあるにせよ距離を置いたところから、大阪の都会文化にふれてきた。ということは、米朝の落語に限らず上方藝能、もっと広範囲に上方文化全般をとらえる視点には、生粋の大阪人の持ちがちなある種の狭量さがなく、巾ひろく自由な、極端に言えばエトランゼとしてのそれが基準にあって、そうした姿勢がこのひとの学問、研究、思想、見識に結実していった。

こうした背景があればこそ、桂米朝の落語が、ひとり上方と言わず、異文化の地であった東京をふくめたこの国全域にわたって支持され、理解されたと言っていい。その米朝を、なかば強引に落語家にさせた師の正岡容が、あれだけ上方落語に精通していながら、詩情あふれた江戸好みの文体に固執した、本質的に江戸趣味のひとであった事実も、米朝の上方落語を東京人がたやすく受けいれる手助けになっているかもしれない。さらに言うなら、東京の人間が桂米朝の落語にふれることで、上方落語復興につくした同志たる六代目笑福亭松鶴、三代目桂春團治、五代目桂文枝の、米朝落語とはいささか異なった、これが多分純大阪色というのだろうと思わせるものを、見出すのを容易にしてくれたのだ。

私はいま六十二年前に書かれた谷崎潤一郎の文章を思い出している。一九五三年三月十七日付「毎日新聞」に寄せた「春團治のことその他」である。その年二月二十五日五十八歳で逝った河合淺次郎の二代目桂春團治の追悼文である。あまりに有名になりすぎた初代の春團治にくらべ、なんとなくかげの薄かったこの二代目が、じつはなかなかの藝の持ち主で、大阪色の濃厚な味わいに関しては初代以上の評価もあったあたりを、

大阪も大阪、あくどいくらゐの大阪顔であつたと云へる。而もその風貌と、口を衝いて出る滑稽諧謔とが真に渾然と調和して、いよ〳〵大阪式雰囲気を濃厚に醸し出さずには措かなかつた。

と書いている。

一八八六年（明治十九）東京日本橋に生まれ、チャキチャキの江戸っ子の血の流れている谷崎潤

一郎が、故郷を捨てて関西の地に移り住んだのは、一九二三年（大正十二）九月一日の関東大震災が、彼の趣味を支えた江戸の残影をきれいさっぱり失わせてしまったからだ。生まれ育った東京とはまったくちがった風土のなかで、『源氏物語』の現代語訳や名作『細雪』を誕生させるのだが、関西に居を移した当初は、東京にくらべ万事に大雑把な上方の文化にあまり馴染めなかったようだ。大阪を代表する藝能人形浄瑠璃文楽に見る「義太夫の語り口」を、「東京人の最も厭ふ無躾なところが露骨に発揮されてゐる」と『蓼喰ふ虫』で嫌悪感を露にしめした谷崎だが、敗戦後には豊竹山城少掾の藝を絶賛し、何度もくりかえし聴いたことを告白している。二代目春團治の魅力を存分に語った「春團治のことその他」を、こう結ぶのだ。

此れからの大阪にだつて落語がなくなりはしないであらうが、結局は東京落語と同じものになつてしまつて、真の大阪落語なるものはやがて後を絶つことになりはしまいか。

谷崎潤一郎がこうした見通しを持ったのも、東京人であることの心情を結局捨てきれなかった、エトランゼならばこそだと思うのだ。

なんとなく、稀代の藝術家桂米朝の風姿が、二重写しに見えてくる。

「旅の達人」永六輔との半世紀

（「新潮45」二〇一六年九月号）

初対面は一九六三年だから、永六輔との交誼は半世紀をこえていたことになる。私がプロデュースして、岡本文彌、友竹正則、小沢昭一などが出演した「寄席'63」という催しの批評を、「キネマ旬報」に書いてくれたのがきっかけだった。正直、その頃の印象は口煩くて、小生意気で、なんとなく一歩引いたところから、二つ年上の彼を見ていたような気がする。

一九六八年の暮に、尾張一宮の仏教学者関山和夫の出版記念会が麻布狸穴の何某会館で開かれて、その流れで顔なじみの面面が六本木の喫茶店で語りあった。永六輔、小沢昭一、江國滋、永井啓夫、まだ二ツ目で柳家さん八だった入船亭扇橋、それに私がいた。

「せっかくこうして顔あわせたんだから、たまにこのメンバーでめしでも喰おうよ」

と言った小沢昭一に、

「めし喰うだけってのもなんですから、句会をやっちゃどうです」

と入船亭扇橋が応じた。子供の頃から俳句に馴染んでいた扇橋は、水原秋櫻子門下で光石の俳号で詠んだ句が、高浜虚子選の『季寄せ』に載っていた。

かくしてこの喫茶店に流れたメンバーに、大西信行、桂米朝、三田純市（当時は純一）、まだ二ツ目のさん治だった柳家小三治を誘って翌六九年一月に東京やなぎ句会の発足となる。桂米朝は東京での仕事が多くしばしば上京していたし、大阪の蕩児三田純市は故郷に居られない事情をかかえ、東京暮しを余儀無くしていた。いずれにしても俳句に関しては扇橋以外、米朝に多少の嗜みがあった程度で門外漢の集りである。二年ほどして神吉拓郎と加藤武が加わり、いっときは十二名の句友を数え、なんとなく女人禁制のきまりになってしまった。この句会発足いらい四十六年、毎月一度は必ず永六輔と顔を合わせていたことになる。病に倒れるまで月例句会無欠席をつづけていたのは小沢昭一と永六輔だけだった。

句会だからしばしば吟行に出る。四十二年、五百回を数えた時点で、十回の海外を含めて百回をこえる吟行をしているが、旅行の際の月番幹事は毎度永六輔が買って出てくれていた。このひと松尾芭蕉、大町桂月、山頭火や山下清をもしのぐ旅の達人で、行く先先に永シンパがいて受け入れ態勢をととのえてくれるから、句友の面面は、

「来月はまた六輔旅行社の仕切り？」

などと言いながら、大船に乗った気分でいられるのだ。

永六輔が月番幹事を担当して出かけた吟行の思い出は限りなくある。なかでも一九八七年五月の桑名吟行では句友全員生涯忘れられない出来事があった。

東京やなぎ句会の月例句会ではしばしばゲストを招いたが、最多ゲスト出席者が句友のみんながみんな先生と呼んでいた戸板康二だった。その戸板康二は七九年夏、下咽頭癌手術で六十三年間馴

染んだ「声」を失った。声を失った戸板康二は、イタリア製（オリベッティ）の咽の震動を音声に変える小型の器械を携帯し筆談と併用していたが、人前での挨拶、スピーチの類は一切断わってきた。戸板康二が私たちの桑名吟行にゲスト参加してくださったのは、そんな時期だった。

久保田万太郎の、

獺に燈をぬすまれて明易き

の句碑のある、泉鏡花ゆかりの船津屋で句会を開くので是非にもと参加していただいたのである。この句会の前に、受け入れ先の桑名青年会議所の主催するちょっとした講演会があって、招かれた句友のみんなが短いスピーチをすることになっていた。そのあいだ先生には船津屋のほうで休まれるようすすめたのだが、「僕にもみんなのはなしきかせてよ」と、舞台の階下にあった控室で、ひとりモニターから流れるそれぞれのスピーチに耳かたむけていた。

講演会がとどこおりなく終りかけたとき、司会をしていた永六輔が、きょうの吟行にゲストとして参加している声を失った戸板康二先生にも、発声器を使った挨拶をしていただきましょう、と声をかけたのである。まったく打合せになかった突然の発言に、舞台に並んでいた私たちはびっくりした。あとできいたところでは、永六輔はボランティア活動であの発声器はマイクの前で使用したほうがより明瞭な音声になることを知っていたそうだ。だからと言って、親しい仲間うちとちがう公開の講演会の席で、いくら短い挨拶でもうまくできるかの懸念もあり、先生に対して残酷に過ぎるというのが、舞台に並んでいた句友に共通した思いだった。

この突然の要請に、わるびれることなく登壇した先生は、戦時中、山水高等女学校で教鞭を執っていたときのエピソードを披露された。教室の反省箱をあけたら、「ゴミを散らかさないように」とか「大声で返事をしましょう」などというのにまじって、「戸板先生のことをドブ板と呼ぶのはやめましょう」の一枚があったとしめくくり、会場は大喝采だった。この日最大の拍手だった。

船津屋に帰るため二人ずつ分乗した車中で大西信行に「もう大勢の前ではなすことは二度とないと思っていたのに、永君のおかげで」としみじみと語り、大西を涙ぐませている。帰京後、当世子夫人に「なにかと引っこみ思案になっていた僕に、永君がこんな機会を与えてくれて嬉しかった」と語ったそうだ。それにしてもあのとき戸板先生を呼び出した永六輔の気魄とタイミング、それに応じた先生の態度、いま思い出しても「見事だった」の一言につきる。

一九八八年四月十七日から二十二日まで、東京やなぎ句会二十周年記念ということで、香港・バリ島・ジャカルタ吟行とあいなった。参加者は入船亭扇橋、小沢昭一、江國滋、大西信行、神吉拓郎、加藤武、永井啓夫、柳家小三治、三田純市、それに私と、桂米朝をのぞく全員で、月番幹事は無論永六輔だ。

日本航空がスポンサーについて、ジャカルタで開く句会のほかにホテルで現地駐在商社マンとその家族相手のトークショーが組まれていたが、比較的楽なスケジュールでこの際存分に楽しもうと香港集合香港出発、ジャカルタの前にデンパサールに飛び、バリ島で二日ほど遊ぼうという魂胆である。ところがである。デンパサール行きのガルーダ航空の機体が故障とかで、滑走路から空港ターミナルに引きかえし、ロビーで待機とあいなった。機体修理にどのくらい時間がかかるかわからないとかで、二度ほど食事券がわたされ、結局この日は飛行機は飛ばず、ガルーダ航空でゲストハウスを用意するという。引き払った香港ヒルトンのシングルユースなみという私たちの要求は受けいれられず、香港島のゲストハウスは二人で一部屋。念のためその組合せを記せば小沢昭一がシングルユースで、あとは永六輔に入船亭扇橋、大西信行と永井啓夫、神吉拓郎と柳家小三治、加藤武に三田純市、江國滋に私とこうなる。暗いフロントで各自キーを渡され、エレベーターに乗りこんだときは全員疲労困憊の態で、ツアーコンダクターとしての責任を痛感してか永六輔の表情は引きつっていた。誰かが、

「こういうトラブルがあるからこそ、旅は面白い」

と口にしたとたん、慟哭した永六輔は流れ出る涙を見せまいとしてかエレベーターの壁に顔を押しつけた。

それぞれの組が同じフロアの部屋の扉をあけると、「キャアッ」という嬌声が一斉にあがった。部屋の真ん中に円形ベッド、周囲三面鏡ばり……あるんですね香港にも、そうラブホテルが。こうなったら笑うしかない。全員誰かの部屋に集まって、このゲストハウスが火事になり、焼死体から東京やなぎ句会はホモグループと判断され、テレビのニュースショーが取りあげるさまを、アナウンサーやリポーター、夫を失った夫人役まで、みんなで演じて騒ぎまくった。こんなハプニングショーのリーダー役も永六輔がつとめたのだから、旅の月番幹事の苦労のほどがしのばれる。

海外吟行では、受け入れ側が連日その土地ならではの美味を供するレストランで接待してくれるのだが、明日は日本という最後の食事は和食でというケースが多い。せっかくやって来た外国で、いまさら懐石料理なんてと不満をもらすと、旅の幹事永六輔は言うのだ。

「いま世界一高い食事は日本食なんです。接待する側がふだんはなかなか行かれない高級日本料理店でご相伴にあずかりたいという気持を忖度してあげてください」

自前で出かける国内吟行でも、女中や仲居の不手際にいらいらしてる句友がいるのを察すると、その人に代って大声で叱りつけるのも永六輔の役目だった。

東京やなぎ句会発足時のメンバーで、すでに世に出ていたのは永六輔と小沢昭一くらいだった。とくに永六輔の八面六臂の活躍ぶりには目を瞠るものがあり、好奇心の旺盛なことに舌を巻いたものである。その好奇心が、なんとなく釈然としない世の動きにむけられると俄然ラジカルになり、すぐさま行動にうつすフットワークのよさには感心させられた。尺貫法の復活、米穀通帳廃止、天皇に和服を着ていただこうという「天着連」運動などなど、その出発点はすべて彼の好奇心によっている。

自身が患ったパーキンソン病に対して徹底的に向きあった根っ子にも、持ち前の好奇心があった。客観的に病を見つめたい思いから、六丁目という俳号をいったんパーキンソンと改名しながら、すぐまた元の六丁目に戻したのは、同じ病に苦しんでいる人たちの気持を慮ったからにちがいない。病状の進行ぐあい、介護される側の体験などを、ときにというよりつねにユーモアを交じえながら、句会の席で伝えてくれた。その句会に顔を出さなくなって、一年ほどしてふれた訃報だった。

永六輔の月番幹事による吟行先を、高尾山、浜松、信州戸隠、大阪、京都、安土、城ヶ島、山梨橋倉温泉、秩父、吉野、日立、博多、柳川、宮崎、富山城端、郡上八幡、上州安中、信州諏訪、箱根、浅間温泉、伊豆下田……と順にたどって際限がないばかりか、句友あつめて、

「業務連絡、業務連絡、明日の出発は……」

と例の甲高い声はりあげての報告や、アルコールなしには食事のできない桂米朝、三田純市、江國滋それにやつがれなどに、

「はいッ、酒部の皆さんはそっちのテーブル」

と手際よく指図したさまなど思いうかんで、寂しさばかりがこみあげてきて、どうにも気持のおさまりがつかない。

昼間の酒宴「こんなもん」

（「讀賣新聞」「味な話」二〇一五年三月一日）

二十一年前の九月に逝った、一回り上の、嬉しい蕩児の友人がいた。三田純市である。
大阪道頓堀の芝居茶屋に生まれ、お茶屋遊びで親の財産食い尽くし、生まれ故郷に居られない事情をかかえ、妻子を捨て新しい女と余儀なく東京住まいをしたのが、一九六七年から十五年間で、私は「東京へ行ってできた最初の友人」と彼の著書にある。「ちっとも有り難いことじゃない」と憎まれ口をたたいてきたが、無論真意は別にあった。

怪しい危険をともなった十五年間の東京暮らしでも、身分不相応の遊興でまたまた花柳界をしくじることになるのだが、花柳の巷と株屋の町の洋食屋は美味い、というのが口癖だった。洋食屋とレストランのちがいは、テーブルにウスターソースの置いてあるのが洋食屋という彼の定義は、なるほどと思う。

そのウスターソースだが、イングランドのウスターで生まれたというのは知っていたが、WORCESTERとつづって、「まともに読むとワーセスターになる。これをウスターと発音するところがみそ」とは、逢坂剛のハードボイルド小説で教えられた。

この蕩児と某書肆で仕事の打ち合わせを終えたのが三時ちょっと前で、これから昼酒をやるのに適当な店を思案していると、「かみさん、仕事で出てるさかい、おかまいでけへんけど、ウチきて一杯やらへん」との誘いに乗って、中野の哲学堂にある彼の住居を訪れたことがあった。

途中、新宿のデパートの食品売り場で、「肉は国産に限るけど、こないな加工品はヨーロッパにかなわんで」などと能書きたれながらハムやソーセージを買いこんでいたが、これぱっかしは私もそう思う。

さてその昼間の酒宴だが、どこそこ製なる自慢のクリスタルのデキャンターをぽんと卓上に置くので、てっきり高級ワインの栓を抜くのかと思ったら、「あかん、楽屋のぞかれてしもた」とつぶやきながら、注ぎかえているボトルのラベルを見れば、なんと国産ウイスキーのそれも三流銘柄。「そやった、チーズがあるねん、カマンベール切らしてしもうて自家製やで」と出されたのを口にして、思わず吹き出した。ふつうのプロセスチーズに、とろろ昆布が巻きつけてあった。

葬儀でふれた笑みを残した死に顔が、「ま、こんなもんやで」と語りかけているように私には見えた。

藝も言動も裏表なき加藤武

（「讀賣新聞」二〇一五年八月四日）

文学座に入る以前の加藤武の舞台を観ているひとなんて、そう多くはいないはずだ。一九四七年に麻布中学に入学した私は、同級の倉本聰なんかと連れ立って、近くにある東洋英和女学院の講堂で、先輩たちが上演した岡本綺堂『利根の渡し』を観に行ったのだ。加藤さんは、大詰めに出てくる白塗りの盲（めしい）の侍を演っていた。

加藤武が、大役に抜てきされた一九五四年の文学座『どん底』は、演出の岸田國士が初日の朝急逝して話題になった。ひと足先にこの『どん底』を観た倉本聰が電話で、パンフレットの加藤武のプロフィルを、これも麻布の先輩で加藤武と同級の小沢昭一が書いていると知らせてくれた。昼下がりの釈場本牧亭で偶然出会った加藤武が講釈師の神田松鯉の藝を褒めちぎったという書き出しの小沢さんの文章を、まだ覚えている。

一九六九年一月に発足した「東京やなぎ句会」の同人として、毎月一度は必ず顔をあわせるようになって、私は役者加藤武というより、人間加藤武の品と柄に、ずいぶんと間近でふれることになった。マイクを必要としない大声は、子供の頃からの地声で、東京の下町っ子らしく「し」と

「ひ」の区別のつかないそのおしゃべりに、大いに笑わされ、嬉しがらされ、ときに哀しまされてもきたけれど、その言動には裏がなかった。裏がないというのは嘘がつけないということで、役者のくせに顔で笑ってこころで泣くことのできないひとだった。

最後の舞台となった吉永仁郎『夏の盛りの蝉のように』では、浮世絵師葛飾北斎の「あり得た」全人格を、裏も表もなく生一本に演じ切って爽快だった。

新劇が過剰なくらいリアリズムに傾いた一時の風潮から距離をとり、この国の伝統藝能を許容する枡日を有していた文学座にあって、先輩の杉村春子、龍岡晋、戌井市郎、僚友北村和夫の謦咳に接し薫陶を受けられたことが、加藤武最大の徳だった。そうでしょう、加藤さん。

加藤武さんを悼む

（「共同通信」配信二〇一五年八月）

東京・築地は魚河岸の仲買人の子に生まれ、三味線音楽になじんだ家庭に育ち、泰明小学校、麻布中学、早稲田大学に学んで人となった加藤武は、昭和という時代をまるごと生きたというより生かされた、典型的な東京っ子だった。そのことから離れて、役者・加藤武の仕事と人生は語れない。全てが洒脱で、洗練されていて、やぼったさがまったくなかった。

進取の気性に富む一方で、この国の伝統藝能を許容する枡目の大きさを持つ文学座は、加藤の生まれ育ちに最もふさわしい劇団組織と言っていい。その文学座にあって、恩師・杉村春子の、時に厳しい叱責の交じった薫陶を受けながら、着々と演技者としての技量を身につけてきたのだが、その過程に、てらいや見苦しい自己主張がみじんもなかったのも、この人の持って生まれた柄だろう。組織内の立ち位置に固執することなく、あくまで自然体に振る舞いながら、気がつけば文学座代表の椅子に座らされていたあたりが徳である。

敗戦後に学制改革があり、一九四七年に麻布中学に入った私は、すでに旧制の中学を卒業したはずの面面が三階の物理教室に陣取って、先輩面して文化祭など仕切るのに目を見張った。フランキー堺、内藤法美、仲谷昇、小沢昭一などなど、そんな先輩連中のひとりが加藤武だった。だから私は文学座に入座する以前の加藤の舞台を見ている。

役者、落語家、タレント、物書きなど十二人が参じて、入船亭扇橋を宗匠に「東京やなぎ句会」を結成して四十六年になるのだが、俳号、阿吽（あうん）を名乗る加藤も同人に加わっている。だから月に一度は顔をあわせ、ワインを口にしながら五七五などやっている仲なのだ。

この句会も彼岸に渡る同人が徐々に増え、二〇一二年師走に小沢昭一が、ことしに入って桂米朝と入船亭扇橋が相次いで鬼籍の人となり、のこされた句友は五人になってしまった。その五人のなかでも、いちばん元気で健康だった加藤の急死とあって言葉もない。いまだ信じ難い思いなのだ。

七月十七日夜、東京の岩波書店会議室で開かれた第五百五十二回の月例句会の帰り、都営地下鉄神保町駅改札口の前で、「それじゃ」と言って別れたのが最後になった。

この日加藤さんの詠んだ五句のうちの二句。

冷や麦のさませば風の吹き抜ける
夜濯（すす）ぎの朝に乾けばこの匂ひ
加藤武さんは七月三十一日死去、八十六歳。

人をなごます茫洋さ

（「毎日新聞」二〇一五年八月二十四日）

一九六一年に逝った三代目桂三木助門下の前座だった木久八は、五代目柳家小さんの門に転じ、さん八で二つ目になった。知りあったのはこの頃で、若いのに妙に老成した独特のうたい調子の語り口に惹かれた。笛が上手く、お囃子の手伝いに重宝がられていたのがこの人が、発句をよくし、

炭熾す前座は屈む（かが）ことばかり

なんて詠んでいるとききき、ぐっときたものだ。落語家、役者、タレント、物書きなど、およそ世のため人のためにならない十二名が参じ、「東京やなぎ句会」をつくったのは一九六九年一月だが、この会名は宗匠柳家さん八の藝名に由来している。会発足の翌年、入船亭扇橋の九代目を襲名した。

毎月一回開筵（かいえん）しているこの会の、作句を離れた団欒の場で披露してくれた扇橋の、絶品だった浪曲物真似を忘れかねている。相模太郎の『灰神楽三太郎』もさることながら、廣澤春菊の元気だったときと最晩年の高座の演じ分けは、自身の落語に対する点検をふくめ、藝の本質をつくものだった。

内面にそんな鋭い感性を秘めながら、およそ雑事にこだわらず、茫洋として欲のない性格に、い

ったいどれほど私たち句友がなごまされてきたことか。他人を批判、中傷、誹謗したのにふれたことがなく、私の知る限り藝する人にあって稀有な存在だった。自らその居場所を求めるべくつとめたことがないのに、気がつけば格好の位置を自然に占めていたのも人柄だろう。

畏友だった柳家小三治が『千早振る』をはなし終え高座をおりると、そでできいていた扇橋が、

「落語って悲しいね」

と大きな目に涙をうかべたそうだ。

東京やなぎ句会　聖地巡礼

（「共同通信」配信二〇一七年二月）

新宿　四谷

東京やなぎ句会の第一回が開かれたのは、一九六九年一月五日で場所は新宿のすし屋、銀八の座敷だった。

参加者は柳家さん八だった落語家の入船亭扇橋、永六輔、随筆家の江國滋、劇作家の大西信行、小沢昭一、桂米朝、国文学者の永井啓夫、作家の三田純市、柳家さん治だった柳家小三治、それに私の十人だった。

活版刷りの「会則」なるものが配られて、罰則除名の項に「句友の女に手を出した場合」というのがあったが、どだいそれほどの甲斐性がある者がいなかったせいで、適用されたことはない。

この第一回で詠まれた柳家小三治の〈煮こごりの身だけよけてるアメリカ人〉は、やなぎ句会史に残る名（迷）作として、いまだ語り草になっている。

会場に新宿の銀八を選んだのは、月番幹事の江國滋だった。会場は毎月持ちまわりの幹事にまかせることが、発足の前からのきまりだった。いまはない銀八は、新宿でも高級店として知られ、江國滋は新潮社の社員だった時代から利用していたなじみの店だった。

初回の幹事を買って出た江國滋としては、顔のきく店であるのを歴歴に自慢したい気持ちもあったように思う。彼の期待に反し句友の反応は「高すぎる」と不評だった。

その後、多忙だった永六輔、小沢昭一の日程を考慮して毎月十七日開催と決めている。やがて加藤武、作家の神吉拓郎も加わった。

銀八を見限った後、会場は、火災で焼失するまでホテルニュージャパンの和室を使うなどしていたが、一九八一年四月の第百四十四回から新宿通りに面したそば屋「満留賀」の座敷である四谷倶楽部がホームグラウンドとなった。この店、大もりはやらない。カレーそばはいいが丼は駄目とうるさかったが、かけそばが絶品だった。ここが店を閉じてからは荒木町の料亭の万世、ＪＡＬシティ四谷、喫茶クイーンと、しばらく四谷と縁が切れなかった。

並木橋から原宿

俳句のハの字も知らない連衆(れんじゅ)ならぬ連中で始めた東京やなぎ句会だが、俳号だけは発会時にそれぞれ用意していた。

宗匠の落語家入船亭扇橋はすでに光石(こうせき)の号を名乗っており、句は水原秋櫻子編の季語集にも載っている。酒好きの随筆家江國滋は、自分の名前を入れて滋酔郎(じすいろう)。ばくち好きで無頼を気取る劇作家の大西信行は博徒をもじった獏十(ばくと)。

小沢昭一の変哲は、川柳をたしなんでいた父君ゆずりの号、つまりは二代目だときいた。桂米朝の八十八（やそはち）は、米の字を分解したもので、米寿をむかえるまで人間国宝として現役を全うした。加藤武の阿吽（あうん）は、無論阿吽の呼吸から。作家神吉拓郎の尊鬼（そんき）は、短気は損気を言いかえて「神吉はソンキ」というわけ。愛妻家の国文学者永井啓夫の余沙（よさ）は、夫人が富子なので歌舞伎などに登場する「お富与三郎」に見立てた。大阪は道頓堀の芝居茶屋に生まれた作家三田純市は、愛する故郷の地そのままの道頓。

柳家小三治の土茶（どさ）は、俳人一茶めかしているのと、商売のドサまわりにもかけている。私矢野誠一の徳三郎は、落語に出てくる色男の若旦那で、四十八年前には私にもこんな稚気があったし、それぞれ若さゆえ顕示欲がみてとれる。

永六輔の俳号は初め並木橋だった。渋谷区の並木橋に住んでいたからだ。歌舞伎の先代中村芝翫の神谷町、二代目尾上松緑の紀尾井町、落語家の先代桂文樂の黒門町の伝である。一九八一年三月、同じ渋谷区の神宮前六丁目に転居したのを機に六丁目と俳号を変えている。

地番表示の神宮前は原宿周辺である。七〇年代後半の竹の子族出現いらい、その様相をかえて、いまや六本木とならぶ繁華街となった原宿だが、私の中学生時代は同潤会アパートが目につくくらいの閑静な屋敷町だった。

その同潤会アパートに住み、三百勝を挙げたビクトル・スタルヒン投手のサインをもらいにいったことがある。

東京やなぎ句会の最大派閥は麻布学園出身者だと、永六輔が冗談交じりにしばしば口にしていた。その麻布閥、年齢順に作家の神吉拓郎、小沢昭一、劇作家の大西信行、加藤武、それに私で、小沢、大西、加藤は同級である。同人十二人中五人を数えたのだからそう言われてもしかたがない。

麻布閥のなかで晩年の加藤が少したしなむようになったが、酒のみとよべるのは私だけだ。世間から酒豪ぞろいのように見られていたこの句会だが、意外や下戸が多く、永六輔式呼称による「酒部」を構成するのはほかに随筆家の江國滋、桂米朝、作家の三田純市で、吟行先の食事の際には同席を命じられるのだ。

私が麻布に入学したのは、六・三・三制に教育体制が変った一九四七年だが、旧制の中学を卒業したまま居所のなかった連中に三階の物理教室が与えられていた。担任教師に「あまりあそこには近づかないように」と言われたものだが、小沢、大西、加藤に加えてフランキー堺、仲谷昇、音楽家で越路吹雪と結婚した内藤法美なんて面面がたむろしていた。

実質的に卒業生である彼らが仕切った文化祭の余興で上演した落語を題材にした芝居『らくだの馬さん』には、抱腹絶倒させられた。

東京の山の手のサラリーマン家庭で育てられた私は、麻布に入って知りあった下町生活圏の級友らからカルチャーショックを受ける。放課後、肩かばんさげたままの格好で、銀座、新宿、浅草をぶらつき、映画館、劇場、寄席などにもぐりこむ手ほどきを受けたのだ。

こんな先輩や級友たちに影響されっぱなしで今日まできてしまったように思う。

約六十年ぶりに母校を訪ね、平秀明校長の案内で、昼休み時間を過ごすことの多かった屋上にあがった。はるかに東京湾がひろがり、勝鬨橋が跳開するのが望めたことなど、想像もつかない風景とむきあって、月並みながら隔世の感にとらわれたのである。

浅草　向島

一九七〇年六月の第十八回東京やなぎ句会の会場は、永六輔の実家、浅草の最尊寺だった。山手線御徒町駅から歩いて十分あまりの、いかにも町なかの寺らしい、風情ある木造建築だったが、いまはコンクリート造りになって面影はない。

ばくちでいうテラ銭は、お寺で開帳したときの使用料からきているときいたが、この日の句会はテラ銭なしだった。永六輔の御尊父忠順住職がゲスト参加されたのだが、洒脱きわまるお人柄で、場を大いに沸かしてくれた。浅草で目に触れたものを俳句にする「浅草」の席題で〈浅草や酔へば女は足袋を脱ぎ〉と、坊さんにあるまじき色っぽい句を詠み、互選の結果、最高賞の「天」を総取りしてみせた。もう一句、〈黴の香や酒のしみある古袴(ばかま)〉も手だれのほどがうかがえる。

私たちの句会は、ゲストの句を採らず、こけにしてお帰り願うことが多く、評論家の戸板康二、役者の中村伸郎や龍岡晋など、いずれも被害を受けた面面である。そんななか、唯一の例外が永忠順最尊寺住職だった。

同じ東京の下町圏でも浅草には、隅田川の対岸、向島のことを「川向う」と言った人もいた。近頃では、その向島の人が自分たちの居場所を、巴里のセーヌ川を気取って「左岸」と称しているのを聞いた。

松竹の撮影所のあった蒲田で育った小沢昭一の向島という土地への執着心は、なみでなかった。その雰囲気がけっして嫌いでなかった花街ということもあるが、かつてこの地に日本映画黎明期の日活の撮影所があった歴史が映画を愛する小沢昭一の血を騒がせるのだ。

ふたりであの周辺を散歩したとき、道の途中でたたずんで、「小山内薫や谷崎潤一郎もこの道を歩いたにちがいない」と感慨ぶかげに言ったものである。

生前手続きしてあった、見番通りに面した黄檗宗(おうばくしゅう)、弘福寺の墓に眠っている。

京都 大阪

兵庫県姫路市の県立歴史博物館で開かれている特別展「人間国宝・桂米朝とその時代」で、俳号八十八の桂米朝の東京やなぎ句会で最高賞の「天」に選ばれた三句が紹介されている。

〈うちの子でないのがいてる昼寝覚〉

〈打ち上げを見て帰りきて庭花火〉

〈秋天に鳶とんでほし鳴いてほし〉

で、選んだのは順に小沢昭一、神吉拓郎、私である。

日常的生活感にあふれた、米朝句の特徴が見てとれる三句だ。

私たちの句会は、吟行旅行をしばしばしていたのだが、行き先が関西方面のときはもっぱら桂米朝が月番幹事を引き受けてくれた。おかげで上方独特の文化のフィールドとして、お茶屋の座敷が格別の役割を果たしていることを教えられた。

祇園・大恒のおかみの「三代の女系のかこむ春炬燵」という持ち句に舌を巻かされ、大阪では新町の老妓の弾く太棹三味線にしびれ、宗右衛門町の南地大和屋に伝わる川上音二郎振り付けの「へらへら踊り」を堪能した。「忠臣蔵　七段目」で知られる祇園の一力亭では、里春姐さんの京舞にふれることができたのが、忘れ難い眼福になっている。

京阪神という限られた地域で伝承されていた上方落語を、全国に普及させた桂米朝の功績は、この人の経歴を抜きにしては考えられない。中国の大連に生まれ、五年ほどで帰国、姫路市で育ちながら、文楽、歌舞伎、落語、漫才など大阪の藝に親しみ、上京して大東文化学院（大東文化大の前身）に学び、江戸文藝に通じた作家の正岡容の門人となっている。上方落語に対する米朝の視線は、つねに土着に執着しないエトランゼ（異邦人）の立場からだった。

桂米朝に次いで柳家小三治と、二人の人間国宝を出しているのは、私たちの句会の誇りとするところだが、変哲小沢昭一が詠んでいる。

〈国宝も国辱もゐてやなぎかな〉

神保町

東京やなぎ句会編と銘打った単行本が四冊ある。刊行順に記すと、一九九九年三月刊の『友あり駄句あり三十年』、二〇〇九年七月『五・七・五　句宴四十年』、一一年七月『楽し句も、苦し句もあり、五・七・五』、一三年十二月『友ありてこそ、五・七・五』で、版元は『友あり駄句あり三十年』が日本経済新聞社、あとの三冊は岩波書店だ。

内容はいずれも会員の自選句とエッセイ、句会がゲストに招いた人からの寄稿、句会の実況中継速記録、それに開会の日時場所などだが、実況中継速記録からは刊行順に沿って、句友それぞれの老化の具合が見てとれる。『友あり駄句あり三十年』の刊行時、すでに神吉拓郎、三田純市、江國滋が、『五・七・五　句宴四十年』では永井啓夫、『友ありてこそ、五・七・五』で小沢昭一が鬼籍の人になっていた。

小沢昭一を送った際、宗匠の入船亭扇橋は脳梗塞で病床にあり、二〇一五年三月の桂米朝の死を知らぬまま七月に逝ってしまった。

その葬儀に参列し、句会随一の健康を誇っていた加藤武が七月末に不慮の急死を遂げ、その翌年一月には小沢、加藤と同級だった大西信行が後を追った。さらに七夕の日に永六輔が旅立ってしまった。

かくして全盛期には十二人を数えた東京やなぎ句会だが、柳家小三治と私の二人というありさまである。

それでも句会は、書記役もかねた山下かおるに、女優の小林聡美、倉野章子、歌舞伎の女形中村梅花が加わって、なんとなく女性上位の感をしめしながらつづいている。

会場は三冊の編著刊行が縁となり、神保町の岩波書店会議室を使用させていただいているのだが、神保町には和菓子の名店が多く、忘年句会の会場となる中華料理店ともども、いまや食べることが唯一の楽しみとなった身には、まことに喜ばしい。

Ⅱ　日日雑感

閏年の手帳

（「日本経済新聞」夕刊「あすへの話題」二〇一六年一月九日　以下同紙掲載）

毎年使っている手帳が残り少なくなってくると、十二月二十八日の「官庁御用納め」というのがいやでも目にとまる。昨年は月曜日だったが、今年は火曜をとばして水曜なのは閏年だからだ。となると一昨年の師走二十八日は日曜日のはずだから、週休二日制の昨今前倒ししたのかどうか、確めようと古い手帳をさがしたのだが見つからなかった。

それにしても「御用納め」とはなんとも古風な表現で、お役所らしいと言えばその通りだが、おそらく明治新政府あたりの造語がそのまま踏襲されているのだろう。

いずれにせよ宮仕えをしなかった、というよりできなかった、居職渡世のしがない物書き風情にはあまり縁のない区切りの日だ。働き盛りだった四十年ほど前には、ぎりぎり大晦日に原稿をとどけたこともあった。印刷会社のスケジュールの関係で、年末の締切りが毎年早まり、私の御用納めならぬ仕事納めもそれに準じて官庁のそれより一週間も早くなっているのが、ここ何年かのお定まりである。したくてもする仕事がないから、連日酒色の色のほうはすでに縁なき衆生とあって、ただのんだくれて歳末を過ごす始末で、やむなきこととは申せ世間様にはいささか申し訳ない。

ところで昨年の私の仕事納めだが、官庁のそれよりたった一日しか早くなかった。十二月二十七日、第六十回有馬記念競走を観るべく中山競馬場まで出かけたのである。有馬記念に行くのは毎年恒例のことだし、好きな競馬に出かけ、しかも馬券で大きく損をして、なにが仕事だと言われそうだがこれが立派な仕事なのだ。ある雑誌に観戦記の執筆を頼まれたのだ。

(二〇一六年一月十六日)

御籤の効用

「歳時記」の季語に採用されている初芝居が、私のばあい初詣をかねている。ここ何年か正月三日が浅草公会堂で行なわれる「新春浅草歌舞伎」の観劇日なのである。ついでと言っては申し訳ないが、観音様に頭をさげて初詣をすますのだ。浅草歌舞伎の開演時間は十一時だから、まだそれほどの人出はなく、ゆっくりとお詣りできるのが有難い。

初詣に際して御籤を引いて今年の吉凶を占うひとが多いが、私はここ十年ほど浅草観音様の御籤は引いていない。忘れもしない二〇〇六年の三月。「オール讀物」に「浅草ぶらり旅」なる散策記を書くため、編集者、カメラマン同行で観音様にお詣りしたときに引いた御籤が「第四吉」で、

若逢候手印　もしよきかきものを　さしいださば　さつそくちぎように　ありつくべし

とあって「若逢候手印」には「もしこうしゆのいんにあはゞ」とルビがふってある。

まるで私のような物書き風情のために、観音様が有難いお告げをくださったようなものだ。いい作品を書きあげればありつけるはずの「ちぎょう」は知行で、封建時代に武士に与えられた領地、つまりは俸禄だから、当世流に言いかえれば報酬で、武士ならぬ文筆の徒には原稿料ということになるだろう。二度とこんないい御籤を引き当てる好運に出会えることはあるまいと、爾来十年浅草ではお詣りだけですましているのだ。

その御籤のご利益のほどだが、正直申してここ十年の私の収入はほぼ横ばいだ。もっとよきかきものをとの励ましと受取って、もうひと頑張りするとしますか。

（二〇一六年一月二十三日）

誤植

本を出すたびに、こんどこそ誤植なしのものをと念じているのだが、またやってしまった。昨年師走に岩波書店から出してもらった『舞台の記憶』だ。

屋上多賀之丞に六台目市川染五郎。名女形をヴァイオリン弾きに、当代幸四郎丈をドライバーにしてしまった。仮にも演劇評論家などと呼ばれている身にとって、あってはならない単純ミスで、穴があったらはいりたい気分だ。携帯電話を持たず、パソコンにも近づかないで、原稿は万年筆による手書きを通しているのだが、変換作業をへたうえで出てくるゲラには、同音異義たとえば自分

い。と時分、戦士と戦死みたいな例がふえ、著者校正には神経を使っているのだが、言い訳にはならな

木下順二さんは誤植を見つける名人だった。私も何度か指摘されたが、落語「あくび指南」のなかの台詞「船頭さん、船ェ上手（かみて）へやってくんねえ」に、「芝居じゃないのだから、ルビはうわてと振るべきです」と手紙をいただき、うっかりミスを反省させられたものだ。

久保田万太郎に、

　また一つ誤植みつけぬみかん剝く

なる句がある。一九五八年熱海で開かれた文藝春秋の忘年会の席で詠まれている。その万太郎の戯曲に『あきくさばなし』があるが、しばしば『あさくさばなし』と誤植されるのは、このひとの作品に生まれ故郷の浅草を描いたものが多いからだろう。

一九九四年の暑い夏に六十五歳で逝った、都会派短編小説の名手神吉拓郎に『誤植』というタイトルの傑作ショートショートがある。以下その全文。

　葭（よし）の髄から天井のぞく

（二〇一六年一月三十日）

当世劇場事情

中学生になった一九四七年、初めて一人で芝居を観に出かけた。いまはもう姿を消している日比谷の有楽座だった。爾来七十年近い劇場通いというわけだが、好きな芝居を追いかけていたのは若い時分で、芝居を観ることが仕事になってからは、芝居のほうに追いかけられている気味がある。好きなものに追いかけられているのだから、まんざらでもない。

その追いかけられている芝居だが、芝居そのものはもとより、それを取り巻く環境は以前とは随分変ったと、つくづく思う。大きな変りようの第一は、マチネと呼ばれる昼興行がふえたことである。ふえたというよりほとんどがマチネで、ソワレなる夜の芝居のほうが変則になってしまった。むかしは大劇場で演じられる商業演劇も、ホールや講堂での上演をもっぱらにしていた新劇も、マチネは土曜と日曜・祝日に限られていた。連日昼の十一時から幕をあけていたのは歌舞伎座ぐらいだった時代のあったことを、みんなもう忘れている。

商業演劇で、たまたまウィークデーに全館貸切の団体がとれると、臨時のマチネを行って「臨マチ」と略称していたものだ。いまや廃語と化した「臨マチ」という言葉を知っているかと、某社の演劇担当役員に訊ねたら、

「入社したとき、たしか臨マチというゴム印がありました」

という答が返ってきた。

マチネがふつうになって、急増したのが高齢の男性観客だ。定年後の自由時間を観劇に費そうという人たちで、悪いことであるわけがない。休憩時間の男性用化粧室に行列ができるのも昔はなかった光景だ。

わが机上

（二〇一六年二月六日）

四十年ほど前に、足立区新田の集合住宅に越してきた。隅田川の上流と荒川との分岐点に生じた中洲のようなところで、環状七号線が貫通するまでは、渡しが運行していたときいている。作家の三田完は「さしずめマンハッタンじゃないですか」とのたもうた。

越してきたばかりのときには、五階のベランダに立つと、かなたにサンシャインビルがのぞめたくらいで、一種の解放感にひたれた。開通したばかりの東北新幹線の走行するのも垣間見えたし、冬の晴れた朝には霊峰富士の姿をおがむこともできた。

そのベランダに面した八畳間を仕事部屋にしている。ベランダに向いた右隅に巾一メートル五十ほどの両袖机をそなえ、デスクマットを敷いた。物書き稼業の身に両袖机は憧れだったから、身の程よりほんのちょっと高めのものを引っ越しを機に購入したのだ。その机上に何冊かの辞典、ペン立てにルーペを置き、気がむくとふだん着の唐桟（とうざん）に角帯締めて、明治の文士気取りでB5判二百字詰原稿用紙にむかったのは、そう半年間もあっただろうか。

いまやわが机上は、資料とするべく山積された書籍、雑誌、小冊子、切り抜きを収めた書類袋、スクラップなどに占領され、そのまん中をほじくるように生み出した空間で仕事をしている。資料とはいうものの肝腎なときに役立たなければゴミの山だ。日中戦争に散った天才レビュー作家菊谷栄は、ミカン箱の上で幾多の名作を生み出したと言われるが、私はミカン箱に充たないゴミの隙間で駄文を草している。

ベランダからの光景も随分と変ってしまったが、わが机上の惨状ほどではない。

（二〇一六年二月十三日）

彼者誰時

夜は仕事をしないことを、自分のきめしきにしてもう何年たつだろう。おかげで連夜の酒が一段と美味くなった。と、ここまで書いて気になったので「きめしき」を手もとの辞書で引いてみたら、どれにも出ていない。ローンで買った全十三巻の小学館『日本国語大辞典』にも載っていない。落語好きがよく口にする「きめしき」の出典は『大山詣り』で、約束事といったような意味だ。

そんなきめしきのなかった若い時分は、じつにしばしば夜を徹して仕事をしたものだ。こんなときの朝の訪れは悪い気がしない。いつの間にか夜がしらじらと明けてくる気配には独特のものがあり、その時間帯をさす「彼者誰時」という言葉を木下順二さんに教わった。文字通りかわたれどきと読むのだが、「あれは誰なのか、まだ暗くて見分けがつかぬ」というわけだ。この言葉はどんな辞書にも載っている。

そういう時間に身を置く機会が少ないから気がつきにくいが、夜明には東の空が明るくなるより先に、なんとなく身に感じる音がある。音といっても、牛乳配達の壜がふれあったり、納豆売りの少年の発するかん高い声のように、世のなかが動き出してるのを知らせる具体的なものでなく、なんとも説明し難い、言ってみればごくごく軽い刺激みたいなものだ。

仕事を終え彼者誰時に床につくから、朝を滅法苦手にしていたのが句友でもあった小沢昭一さん。吟行に出かける朝、空港や新幹線のホームに姿をあらわすときの、不機嫌きわまる顔がなつかしい。配達された朝刊を読み終えて眠り、起き出して先ず夕刊を手にする毎日だったときいている。

（二〇一六年二月二十日）

電話今昔

戦時中不通になっていたわが家の電話が復旧したのは、たしか中学から高校に進む頃だった。そのため電話債券を購入しなければならず、戦後働くことをしなかった父が、金の工面に頭を悩ましていたのを覚えている。

所帯を持ったのが一九六五年で、一年ほど下井草の六畳二間にトイレ共用のアパートに住んだ。痩せても枯れても文筆の徒を気取り、なにがなんでも筆一本で喰っていこうと我武者羅（がむしゃら）に仕事をしてたから、電話は不可欠で、肩書のない名刺に大家さんの電話番号の下に（呼）と刷りこんだ。二代目三遊亭円歌が、「呼び出し電話」という新作で売っていた時分だ。

仕事、私用にかかわらず、友人知己の勤め先に電話するのが気が重かったのもその頃だ。代表番号にかけ、交換手に何何課の誰某さんにと告げると、どちら様でと問われるから、せいぜい格好つけて「矢野でございます」と答えると、間髪を入れず「どちらの矢野様で」とくる。困るんだな、これが。「どちらの」のどちらが、住んでいるところではなくて、会社なり役所なり団体なり、所属するところを訊ねているのはすぐわかる。だからといって、例えばこの稿の署名と並んで記されている三文字を職業として、「〇〇〇」の矢野ですとはなかなか言いにくい。昨今の携帯・スマホ時代の若きフリーター諸君は、もう私のような思いをしないですんでいる。

いまだに私はファクシミリ兼用の固定電話だけで暮している。IT文盲と言われているが、おかげさまで日本国憲法第二十五条で保障されている「健康で文化的な最低限度の生活」を楽しませて頂いている。

(二〇一六年二月二十七日)

塩味のオートミール

ホテルの朝食でオートミールを、それも塩味で食べなくなって、もう何年になるだろう。まだ東海道新幹線が開通してなかった頃のはなしだ。福岡で某新聞社主催の落語会があって、それに解説じみたおしゃべりをするため同行することになった。出演者のひとりの八代目林家正蔵（彦六）が、飛行機には乗りたくないという。なんでも羽田上空まできて、滑走路が空かないと十分以上旋回されたのに腹を立てたらしい。しかたなく私がおともして、前日発のブルートレインを利用することになった。

食堂車での朝食は珈琲党の正蔵師にならって、私も洋食にした。シリアルはオートミールだ。ミルクをたっぷりかけて、備え付けのパウダーシュガーに手をのばしたとき、師匠に言われた。

「騙されたと思って、塩にしてごらんなさい。私はいつもこうしてます」

と銀色の容器から食塩をふりかけたので、私も真似した。これが美味かったのだ。珈琲や紅茶に砂糖を用いない私でも、ミルクに塩という観念はまったくなかったから、驚きも大きかった。いらい私はオートミールには塩ときめ、ひとにも勧めている。

最近のホテルの朝食は殆どがバイキング形式で、シリアルのコーナーにオートミールは見当らない。無論特別注文という手もあるが、そうまでして口にするものでもないだろう。

ただバイキングの朝食は、ビールのつまみにふさわしいものばかりなので、外食に限って朝からビールをのむことを自分に許している私といたしましては、一本ではおさまらなくなるのがちょっと……。

飢餓世代

（二〇一六年三月五日）

おでんの種にチクワブというのがある。漢字で書けば竹輪麩か。形状こそ竹輪だが味は非なるもので、麩と言うには重量感がありすぎる。愛用している本山荻舟『飲食事典』には、無論竹輪も麩もそれなりの記述があるが、竹輪麩の項目はなかった。『新明解国語辞典』には「小麦粉をこねてちくわの形にして蒸したもの」とある。味覚的には竹輪や麩とちがい、それ自体には主張がなく、何の取柄もない食べ物と言えるのだが、なんとなくおでんに欠かせない。

いまやいちばん古い飲み友達の舞台俳優横澤祐一は、私が竹輪麩を口にしているのを見ながら、「よくそんなものを喰えるな」と、軽蔑しきった顔をする。おたがい未曽有の食糧不足に遭遇した飢餓世代だ。竹輪麩が代用食に喰わされたすいとんを思い出させるというのだ。その伝で言うなら私も、あの農林一号の後遺症だろう、薩摩芋には近づかない。

これまた空前の暖衣飽食時代に育てられた人たちには、駅弁の蓋の裏に付着した飯粒から食べ始め、外食で注文した皿のものは残さないという、我ら戦中派の作法が理解し難いものにうつるらしい。ホテルの朝食バイキングで沢山食べ残したまま席を立った若者を、

「てめえの喰える分ぐらいわからねえか」と怒鳴りつけた老紳士を見かけたことがある。

若い頃人一倍ひもじい思いをしたという劇作家小幡欣治は、洋食和食ともけっして高級ではないが筋の通った店しか行かなかった。その小幡がよく食べ残したので理由を訊いたことがある。返事はただひと言。「恨みかな」

（二〇一六年三月十二日）

ちゃりんこ

子供たちが自転車をちゃりんこと称しているのに気づいたとき、ちょっとした異和感があった。ちゃりんこと言えば少年掏摸（すり）のことで、敗戦直後の上野駅地下道が彼らの巣窟になっていると報じられたものだ。

大抵の辞書はちゃりんこの第一義を、少年掏摸をさす隠語とし、自転車・小型オートバイは第二義の扱いで、子供の俗称としている。いまやれっきとした大人も子供の俗称を口にして、フレームが曲線の婦人用自転車はママちゃりなどと呼んでいる。そのママちゃりの普及で、子供が三角乗りしてるのを見かけなくなって久しい。昨今ではちゃりんこは第二義が第一義を上回って膾炙しているばかりか、第一義は隠語から死語化の道を辿っている気味がある。

街なかの自転車風景で姿を消してしまったものに、蕎麦屋の出前持と映画館のフィルム運びがある。何枚もの蒸籠を積みあげた盆を肩に、颯爽と鼻唄まじりの片手で自転車操つる姿に、プロフェッショナルな藝を感じたものだ。出前持の華やかさこそなかったが、荷台に何巻かのフィルムを載せて映画館に届けると、上映済の巻を次の封切館に移送する仕事があって、フィルム未着のため中断なんて事態がよく出来(しゅったい)したなど、シネコン世代の知らないはなしだ。

一九六三年十一月二十三日、池袋人世坐で松竹映画『人間の條件』全五部作に完結篇の一挙上映終夜興行があって出かけた。単館興行だからフィルム未到着はあり得ないのに、明け方近くに突如中断したのだ。場内アナウンスが、ケネディ米大統領が暗殺されたことを伝えたので満員の場内騒然となり、再び映し出された画面をよそに、しばしざわめきがおさまらなかった。

（二〇一六年三月二十六日）

電力事情

電力の自由化が実現するとかで、テレビのＣＭがなんだかんだと言っているが、供給元を替えることで、これまでとどう違うのか、素人には正直よくわからない。ただ戦時下の灯火管制をまがりなりにも知っている私には、ずいぶんと贅沢な事態だという思いが捨てきれない。

灯火管制。連日になっていた米機の空襲にそなえて、民家の灯りが漏れぬよう電燈の笠のまわりを黒布で被うのだ。薄あかりに照らされた、それでなくても貧しい食卓をかこんだ晩餐には一家団欒なんて雰囲気はまるでなかった。その電球のエネルギー消費の仕事率をしめす単位のワットも、敵性語だというので「燭（しょく）」と称したものだ。百ワットならぬ百燭だ。

戦争に敗けて、空襲警報発令のサイレンに脅えることがなく、夜は明るい食卓がかこめるようになったのがとても嬉しく、日本敗戦という未曽有の体験に戸惑い、困惑し、慨嘆し、やたらヒステリックになっている大人たちが不思議に思えた。可愛気のない子供だった。

灯火管制こそなくなったが、電力事情は極端に悪く、じつにしばしば停電したものだ。五年前の東日本大震災による計画停電とはちがって、予告なしの抜き打ち停電である。蠟燭は各家庭の必需品だった。ラジオの人気番組「とんち教室」の、「切れた電球の利用法」なる設問に、「停電のときに使います」という六代目春風亭柳橋の名回答には、腹をかかえて笑った。

東日本大震災の影響で、銀座のネオンが消えたのも、駅の構内が暗くなったことにも痛痒を感じなかったが、後期高齢者にエスカレーターの動かないのは、少し困った。

（二〇一六年四月二日）

シルバーパス

小津映画に欠かせない傍役須賀不二男から、「千円で観られるし、バスはタダだし、せっせと映画館廻りしてますが、日本映画の客の少ないのがさびしいです」とだけ書かれた葉書を頂いたのは、たしか彼の訃にふれる一年程前の一九九七年だった。受取った私は六十二歳で映画は千円で観られたが、東京都シルバーパスを貰うには、まだ大分時間が残されていると、そう思っていた。ところが、ところがである。気がついてみれば、シルバーパスを使い出して十年をこしてしまっている。

初めてこのパスを手にできたときは、たしか二万数千円払った。乗車賃二百十円だから、一年間通用とあって元をとってお釣りがくると喜んだ。これが二年目から、なんと年間千円ナリですんでしまうことになったのである。お恥しい限りだが、言うところの低所得者になってしまったのだ。

原稿料と印税だけがたよりの筆一本の暮しとあって、原稿料は上らない、本の初版部数は減る一方だから当然印税もそれに準じる。おまけに国民年金にも加入してないとあっては、まあ自然のなりゆきというものだ。なりゆきのまま今日まできている。

昼間のちょっとした仕事をすませ、夜芝居を観るまでのあい間、いったん帰宅してひと仕事するほどの時間のないとき、迷うことなくバスに乗る。近くの停留所から行先は問わずで、そのまま終点まで乗ることもあれば、とっさの思いつきで途中で乗りかえ別のところを目指したりする。車窓に展開する光景に、生まれ育った東京にまったく知らなかった町のあるのを発見し、かつて市電を愛用し東京散策に興じた、断腸亭散人に思いをはせたりするのだ。

銀行振込

（二〇一六年四月九日）

宮仕えしたことがないので、給料やボーナスと縁がなかった。気楽でいいですねと何度も言われたが、冗談じゃない。毎日が修羅場で、定収入のあるひとが羨ましかった。宮仕えしなかったのでなく、できなかっただけだ。

私たちよりちょっと上の世代のひとの多くは、初めて手にした給料袋は神棚にそなえたものだときいた。いまでは神棚のある家も少なくなったし、現金のはいった給料袋で支払われる会社もないだろう。気がつけば、支払いはすべて銀行振込の時代になってしまった。勤め人経験のあるひとのみんながみんな、あの給料袋で現金支給の時代を懐かしがっているのは、体験のない私にもとてもよくわかる心情だ。かつて広告代理店で禄(ろく)を食(は)んだことのある銀化主宰の俳人中原道夫によると、毎月経理担当に給与明細書を書き替えて貰う豪の者もいたそうだ。

原稿料や印税も、サラリーマンの給料と刻を一にして銀行振込になったが、座談会や講演などはその場で現金支給されるのが楽しみだったのに、それすらいつの間にか振込になってしまった。小沢昭一が全十号と限定して刊行した季刊「藝能東西」では、ほかと較べて高額の原稿料を原稿と引きかえに現金で支払ってくれたもので、これはとても嬉しく、そして有難かった。

「日本の男を駄目にした元兇は銀行振込にあり」が持論だった山本夏彦は、社長をしていた工作社の給料、ボーナスは、すべて現金で自ら手渡していたそうだ。工作社刊の月刊誌「室内」には何度か執筆させて貰ったが、いつもピン札の原稿料が現金書留で送られてきた。

（二〇一六年四月十六日）

時計を忘れて

腕時計をし忘れて家を出た。バスの停留所で忘れたのに気づいたのだが、取りに戻ることはしなかった。

その日は昼すぎに某ホテルのラウンジで取材を受け、夜は一本芝居を観ることになっていた。約束した取材の時間、場所、芝居の開演時間は懐中している手帳に記してあるし、町なかには時刻表示機能が氾濫してるから、外出に際し時計を忘れてもほとんど痛痒は感じない。

それにしても生活用具で、腕時計くらい安価でお手軽になったものもないだろう。無論私などには縁のない車一台分はする外国の高級銘柄品もあるけれど、一万円内外で充分使用に堪える、それなりに格好よい腕時計がいくらでもある。飲み代が足りなくなって、泣く泣く腕からはずして質屋にはこんだ若い時分がなつかしい。

ただ、気がついたとき時計から「時」をきざむ音が消えた。昨今のクォーツと称する水晶時計は、無音で時を運ぶ。いまの子供は「チック・タック」と名乗った漫才タレントのいたことも知らない。「時計の音は喪失、喪失ときこえる」と言ったのは、たしかテネシー・ウィリアムズだが、「喪失」の原語はどう発音するのだろう。

芝居を観る日は、暗いなかでも見易い明るい文字板の時計をはめて行く。数字で表示されるデジタル時計は持ってない。あらかじめ終演時間をたしかめて席につくのだが、時を忘れて舞台に見入る芝居ばかりではない。あと何分我慢すればと、腕時計に目をやっても、デジタル時計だと瞬時に判断するのがむつかしい。

腕時計を忘れた日に観た芝居の出来のほどだが、言わぬが花か。

（二〇一六年四月三十日）

終戦 or 敗戦

小学校の名で義務教育を受けなかった稀有な世代がある。一九四一年四月から四七年三月まで、小学校は国民学校と改称された。一九三四年の遅生まれと、三五年早生まれの子供は、その国民学校の最初の入学で最後の卒業生になる。三五年三月生まれの不肖私めもそのひとりだ。

ということは、戦後の六・三・三制新教育体系の第一期生にもなるわけで、私立の麻布中学に入学した。旧制の麻布を卒業したものの、新制の大学に入学する機を失して居所のなかった先輩たちが、開放された三階の物理教室に陣取っていた。フランキー堺、小沢昭一、加藤武、仲谷昇、大西信行、内藤法美なんて面面である。

五月三日に日本国憲法が施行され、配付された「あたらしい憲法のはなし」を教材に、細川潤一郎校長が全生徒を講堂にあつめ、憲法について語ってくれた。物理教室の先輩たちも参加している。諸外国の例も交えながら近世の憲法を論じた、新米の中学生には難解にすぎて正直チンプンカンプンだったのだが、「日本はこんどの戦争に敗けたのだから、終戦ではなく敗戦なのだ」とくり返し述べられたことだけはよく覚えている。敗けることによって、手にできる幸せのあることを、中学生になって教えられた私は、いまでも「終戦」という言葉を口にしないし、文字としても使わない。

明治の変革を体験した人たちにとって、「維新」をえらぶか、「御一新」に固執するかは、「一九四五年を『終戦』と呼ぶか『敗戦』と呼ぶかという問題と、あるアナロジイを持つ態度決定を意味していたのではないか」という前田愛の指摘も、私に格別の刺激を与えてくれている。

（二〇一六年五月七日）

席を譲られて

初めて電車内で席を譲られそうになったときは、ショックだった。かれこれ十年ほど前のことだが、ショックを受けた理由は、自分では若づくりしてるつもりでも、相応の年齢になっているのが見破られたからだ。

「すぐ降りますから」

と固辞して、次の駅でいったん降りて別の車輛に移ったのを思いだす。

このはなしを同じ年頃の友人にしたところ、席を譲って断わられると、譲ったほうはいたく傷つくのだと教えられた。以来素直に譲られようときめたのだが、きめてしばらくはなかなかその機会に恵まれなかったものである。

素直に譲られようときめてはいるが、いわゆる優先席には近づかないようにこころがけている。ケイタイだかスマホだかに集中している若者たちで占められている優先席を見おろすかたちで吊革に身をゆだねてる老人を見かけると、無視をきめこむ若者たちへの感情より先に、老人の姿がなんとなくもの欲し気に見えてきて困るのだ。

先日いささか聞こし召した帰途、有楽町から大宮行のＪＲ京浜東北線に、押し込まれるように乗りこんだ。なんとか吊革をつかまえて、ふと前の座席を見て思わず目をそらした。頭は金髪に染めあげ、鼻の両わきにピアス、迷彩服の太いズボンにおさめた両足を大きく開き、漫画雑誌を読んでいる。少しでも離れようとしたこちらの気配を察したその青年に、席を譲られたのである。素直に好意を受けいれて、鞄から出した読みかけのミステリの文庫本に目をやった。王子駅で「ありがとう」と迷彩服に声をかけて電車を降りた。

初鰹

（二〇一六年五月二十一日）

目には青葉山ほととぎすはつ鰹

風かおる五月ともなると、なにかにつけて話題になる句だ。人口に膾炙してるが「古池や」のはせを翁ほど句の作者は知られてないらしく、ひと頃は著名俳人や俳句雑誌の編集部には、「誰の句ですか」という問い合せが多かったのに、最近はほとんどなくなったそうだ。パソコンやスマホが普及したからだろう。江戸中期の俳人で儒学、和歌、茶道、能楽に通じ、芭蕉とも交遊のあった山口素堂の句だ。

字余りであるうえ、季重りどころか三つも季語のはいったこの名句だが、主題はやはり「はつ鰹」だろう。回遊魚である鰹が黒潮に乗ってちょうど青葉の頃、鎌倉、小田原あたりで釣られたものが初鰹だが、江戸っ子はことのほか尊重し、「女房質に置いても」と大枚はたいて買い求めた。こんな江戸っ子の心意気を、瀬戸内を控えて白身のいい魚を簡単に食膳にのせることのできた上方人は、「あないなものに女房質に置く」と嘲笑してのけた。たしかに魚に限らずこと食べものに関しては、江戸っ子は上方の贅六に頭のあがらない時代が長くあった。昨今では遠洋で捕獲された大きな鰹が戻り鰹の名で魚屋の店先やスーパーにならび一年中口に出来るとあって、

鎌倉を生きて出でけん初鰹

と芭蕉が詠んだ季節感はすでにない。

鰹はたたきという御仁が多いが、私は刺身のほうが好みだ。薬味はおろし生姜かにんにくがふつうだが、絵島生島事件で遠島になった生島新五郎の「初鰹からしがなくて涙かな」に、二代目市川團十郎が「その芥子きいて涙の初鰹」と返した故事を知ってから、私も鰹は芥子で食べる。

（二〇一六年六月四日）

子供たちの未来

ここ二十年来睡眠導入剤のご厄介になっているのだが、寄る年波か目敏く（めざとく）なって六時前にはベッドを離れている。とりあえず歯を磨き、コップ一杯の野菜ジュースを飲み、朝食の準備までの二時間ほど机にむかう。と言ってすぐ仕事にかかるわけではなく、前日の行動をメモに記し、郵便物の整理と返信、スクラップなど雑用に費す。

七時半を過ぎたあたりから、子供たちの通学の列のかもし出す賑やかな声がきこえてくる。五階のベランダからのぞくと、交通安全用の黄帽子の動く姿は、さながら雛（ひよこ）を思わせて可愛いものだ。突然走り出し先頭に立つとふりかえり、両手をひろげストップを命じるのがいるかと思うと、心配性の母親に持たされたのだろう傘を手にした子は、野球のバットよろしく振りまわす。かと思えば、ひとり黙然と幼き哲学者風の歩みをつづけてるのもいる。

ひとは、あんなに小さな子供の頃からそれぞれの個性を発揮していることを教えられるのは、爽やかな朝にふさわしい。けれど、あの子供たちがその持てる能力を存分に発揮できる大人に成長したとき、いったいこの国はどうなっているのだろうと考えると、爽やかさが一転して暗澹たる気持に襲われる。

五月二十七日の夜、池袋の小劇場で芝居を観た帰り、同業の木村隆と酒場のカウンターでウオッカソーダを飲みながら、店のテレビでオバマ米大統領の広島でのスピーチをきいた。もとより字幕に頼ってのことだが格調の高さに感心し、核廃絶を子供たちの未来に結びつけて訴えたのに、胸が熱くなった。日本の政治家や官僚は当面の問題の処理に追われすぎていないか。


(二〇一六年六月十一日)

下足の時代

ひと頃、落語評論家と呼ばれたことがある。文章を書くことで、なんとか飯を喰っていこうとは思っていたが、べつに落語専門という意識はなかった。ただ、中学時代からの寄席通いがそのままつづき、これという目的もなく家を出て、気がつけば寄席の客になっていたなんてことがちょくちょくだったから、そう呼ばれても異和感はなかった。

あの時分の寄席には独特の雰囲気があって、それに惹かれてたのだと思う。とくに木戸口で履物を下足番にあずけ、下足札を手に客席に入る昔ながらのシステムの、人形町末廣や釈場の上野本牧亭に足繁く通った。本牧亭など出演する講釈師も年寄が多かったが、客も年寄ばっかりで、その年寄連中の、たったひとりの若い客であるこちらに浴びせる、なんとも意地の悪い視線を感じるのが毎度のことだった。そんな思いをしてまで講釈を聴かなければいけないのかと、自虐的な気分に陥るのを一方で楽しんでいたのだから、嫌味たっぷりな若者だった。いまにして思うと、こんなことで反時代的精神の持主を気取っていたのかもしれない。面目ない。

唐十郎が上野不忍池や新宿花園神社境内にテントを張って始めたテント小屋芝居では、靴を脱いでビニールの袋に入れて小さな座布団にすわる。一九六〇年代後半に誕生した小劇場の芝居も、一時期靴を脱がねばならぬところが多かったが、昨今では粗末だが土足で坐れる椅子が用意されているのがふつうだ。

そう言えばテント芝居をのぞかなくなって久しい。料理屋の座敷でも、正座はおろか胡坐も長時間はままならぬのだ。

（「毎日新聞」夕刊「ブックマーク」二〇一七年十月二日　以下同紙掲載）

難解句　今昔

闇の夜は吉原ばかり月夜かな
年の瀬や水の流れと人の身は

芝居や落語でもよく耳にする宝井其角の名句だ。蕉門十哲の筆頭俳人宝井其角の生没年は一六六一〜一七〇七年で、三百年以上前に活躍した生粋の江戸っ子だ。生涯にいったい何句詠んだか知らないが、師芭蕉のように未だ人口に膾炙している句は意外に少ないばかりか、言うところの難解句のすこぶる多いのを、半藤一利さんの『其角と楽しむ江戸俳句』(平凡社)で教えられた。

其角の難解句には、漢籍や日本の古典に由緒のあるものが多く、その漢籍のなかには夏目漱石も愛読していたというものもあるが、相当の碩学でなければ手にしていなかっただろうものが少なくなく、その学殖のほどがうかがわれる。当時の知識人でも頭をひねったであろうことが推察されるのだが、そんな難解句を半藤名探偵が、一刀両断に解明してくれている。

同じ難解句でも、いまでは消滅してしまった往時の風俗、習慣、流行、言いまわしなどの詠まれたものは、まず解明の手がかりになりそうな文献探索から始めなければならないわけで、古典俳句鑑賞にはそんな苦労もともなうわけだ。

一九六九年一月に、その頃はまだ柳家さん八で二ツ目だった入船亭扇橋を宗匠に発足した東京やなぎ句会だが、いっときは十二名を数えた同人が、柳家小三治と私のふたりだけになってしまった。花札じゃあるまいしふたりじゃ句会にならないので、五人ほどの新参加者を得て、五・七・五などやりながら月例会がこの九月で五百七十八回になった。無論、珍句や迷句の続出だが、難解句ばかりは絶対に出ない。

この句会の同人で俳号八十八の桂米朝が、重要無形文化財つまりは人間国宝に認定されたのは一九九六年のことだが、俳号変哲の小沢昭一が、「国宝も国辱もゐてやなぎかな」と挨拶句を贈った。これ、三百年後の人には難解句にならないか。

（二〇一七年十月十六日）

老いの文章

川本三郎『老いの荷風』（白水社）を、先ず「あとがき」から読んだら「いま七十代のはじめ」の川本さんが、書いている。「自分よりはるかに若く逝った作家、たとえば芥川龍之介や三島由紀夫への関心が薄くなってくる」。老いを体験していないからだという。

川本さんが例にあげている芥川と三島は、周知のとおり自ら生命を絶っている。本人がその生命を絶ってまでして筆を捨てるのは、どこかに「もう書くべきことは書き切った」とする思いがあったのかもしれない。そう考えると、残された芥川や三島の作品の取り澄ました完成度は、この先どんな文章を書いたであろうことへの、勝手な想像がしにくい。

永井荷風に限らず、長寿を全うし、生涯現役を貫いた文人は、書くことへの興味を失っていなかったひとだろう。与えられた義務感からだけで、老骨に鞭打って机にむかうのは、けっして生易しいことではない。天職とまで言わないまでも、ものを書くことの楽しみに意気を感じなければ、肉体的に老いを覚えながらも毎日机に向かうことはできまい。一世紀を生きた作家小島政二郎が、晩年生まれ故郷上野のタウン誌「うえの」に書き連ねていたエッセイなど、自分の老耄ぶりに、ある種酔いながら勝手気儘に筆が躍っていたのが面白くて、楽しかった。

わが師戸板康二は一九九三年七十七歳で急逝した。その十四年前に声を失うという痛恨事に遭いながら、観劇に、酒席に、そして執筆にと矍鑠たるものだっただけに、急逝は衝撃的だった。「オール讀物」に連載してた「あの人この人　昭和人物誌」の「久保栄の潔癖」が絶筆となるはずだった。ところが没後机の中から、「東山千栄子の挨拶」と「渥美清太郎の歌舞伎」のふた月分の二篇が出てきたのである。望外のことと「オール讀物」に掲載され、その後文藝春秋から刊行されている。

老いてなお、書くことを無上の楽しみとしていたひとならではと思う。

（二〇一七年十月二十三日）

西洋暦

いつの頃からか、文章では西洋暦を用い、元号は括弧内におさめるようにしている。べつに元号を否定する確固とした論拠を持つわけでなく、西洋暦のほうがいま現在との時間差がより確認しやすいからである。それでも劇作家の吉永仁郎さんのように、「西洋年暦を、いったん使いたくない元号に転換しないと、自分の生きてきた時代がよく見えてこない」ことが私にもよくある。

仕事がら、江戸時代の藝能に関して書くことがあるのだが、こんなときは西洋暦のほうが断然便利だ。徳川三百年の元号を順に言えるのは、専門家かよほどのマニアだけだろう。ちなみに年表で数えてみたら、慶長から慶応まで三十六あった。面倒なので数えなおしてないが間違いないはずだ。

かたくなに元号表記を避けていた文人も少なくないが、木下順二さんのばあいは徹底していた。『平家物語』に材を得た傑作戯曲『子午線の祀り』の壇の浦合戦の読み手Aのモノローグは、「宣明暦元暦二年三月二十四日、現行グレゴリオ暦一一八五年五月二日の午前七時」となっている。生前の木下さんから、落語や芝居に関する蔵書を何冊か頂戴した。頂戴した本の奥付を見たら、発行日の元号を赤インクで消して、「現行グレゴリオ暦」に訂正してあった。

この国に西洋暦が普及したきっかけは一九三〇年だろう。不景気まっ盛りの昭和五年だ。三〇という区切りのいい数字ということもあったのか、新聞や雑誌の商品広告に「三〇年型」だの「三〇年式」といったキャッチコピーがやたら目につく。川端康成『淺草紅團』にも、「レヴイウ専門に旗擧げしたカジノ・フオウリイは、地下鐵食堂の尖塔と共に、一九三〇年型の淺草かもしれない」という一節がある。

ところで、わが友柳家小三治の誕生日だが、あの楽聖ベートーヴェンと同じなのだ。それをきいた某氏が言ってくれたそうだ。

「でも、それ旧暦じゃない」

（二〇一七年十一月六日）

異国 上方

東京しか知らずに育った私には、大阪が異国に見えた時期が、かなり長くあった。一九五三年のテレビ本放送開始、そして六四年の東海道新幹線開業は、東京・大阪間の距離を一挙に縮めたように思う。

子供の頃、大阪弁を耳にする機会と言ったら、週一回大阪放送局（ＪＯＢＫ）から全国放送されるＮＨＫラジオの「上方演芸会」くらいでなかったか。その「上方演芸会」は、司会の林田十郎・芦乃家雁玉の漫才コンビによる、

「いらっしゃいませ」

「こんばんは」

というやりとりで始まるのがつねだった。活字で読めばなんの変哲もないこの挨拶語だが、十郎・雁玉のマイクを通した声とアクセントは、東京の子供にはふざけているとしか聞えなかった。

寄席演藝に関して少しばかり書き始めた、まだ新幹線の開通してなかった頃、大阪の演藝を知るべく、地下鉄を心斎橋でおりて、道頓堀目指して戎橋を渡るとき、なんだか外国に足踏みいれるような気がして、ぶるぶるっとふるえたものである。

そんな私に、上方藝能の東京のそれとはまったく違う独自の面白さを教えてくれたのは、桂米朝と小松左京だった。この地では、あらゆる文化のフィールドとしてお茶屋の座敷が格別の役割を果たしていることも教えられた。「散財する」と言っても、女将か仲居相手に一升壜をでんと置いて、つまみはかわきものだけという喫茶店感覚で、お茶屋の座敷を利用しながら、談論風発するなど東京にはないことで、羨ましかった。

桂米朝の、東京で初めての独演会「桂米朝上方落語の会」が、新宿紀伊國屋ホールで開かれたのは六七年五月で、プレイガイドの女の子がポスターを「桂コメアサドカタ落語の会」と読んでくれたものだ。まだ、上方落語の認識度はその程度だったのだが、奇想天外な名作『地獄八景亡者戯』の東京初御目見得が、満員の客席をゆさぶったのだ。

（二〇一七年十一月十三日）

漱石と落語

海外旅行や入院で、何日間か家をあけることがあるが、こんなときを利用して、未読や一部分に目を通しただけの古典文学を完読してきた。『梅暦』も、『日本永代蔵』も、『北越雪譜』も、『花暦八笑人』も、『東海道中膝栗毛』も、みんなホテルや病室で読み終えた。『梅暦』なんか上下二巻二度も読んでる。

そんな折を得たとき完読しようと思っていながら、未だ果せないでいるのが『平家物語』だ。木下順二の『平家物語』に材を得た『子午線の祀り』の初演を観た一九七九年四月、べつに旅行も入院もしてなかったが完読に挑み、結局、「祇園精舎の鐘の声」一巻で終わってしまっている。

この十月、ちょうど十日間ほど家をあけることになって、すぐ『平家物語』の完読が頭にうかんだ。頭にうかんだものの、はたと思いあたったのがわが年齢である。あれだけの大作に立ちむかうだけの体力が、まだ残されているかどうか。書くこともそうだが、読むことにもそれなりの体力を必要とすることを痛感している今日この頃なのである。あっさり『平家物語』はあきらめることにした。代りに選んだのが、もう何回となく目を通している夏目漱石の『吾輩は猫である』と『坊っちゃん』の二冊。無論全集ではなく岩波文庫版だ。

漱石作品に、落語からの影響が見られることは、多くの学者が指摘している。おなじ年生まれの盟友正岡子規と落語談義をかわし、寄席通いにうつつをぬかしたことも伝えられている。そんな漱石と落語との関係は、寄席で直接ふれた落語家の演技以上に、落語の速記本からの影響のほうが作品に色濃くあらわれているように思われる。

一八八九年創刊の「百花園」、九五年創刊の「文藝倶樂部」など落語、人情噺の速記を主体にした雑誌に掲載された速記本は、いずれも漢学の素養豊かな速記者によるもので、宛字のうまさが身上だ。容子（ようす）、瀟洒（さっぱり）、周章（あわてる）、吶喊（とっかん）などなど、漱石作品でも頻繁に用いられている。

芥川さんの葉書

芥川さんと言っても龍之介ではない。長男の比呂志だ。宿痾（しゅくあ）をかかえて、晩年はもっぱら演出にたずさわっていたが、二枚目の素敵な役者だった。文学座で演った『欲望という名の電車』のミッチや『ハムレット』が忘れられない。

父の血を引いたのだろう、文才豊かで、新潮社刊の『決められた以外のせりふ』『肩の凝らないせりふ』『憶えきれないせりふ』なる三冊のエッセイ集がある。文章の上手い役者の番付をこさえれば、花柳章太郎と東・西の横綱をはるところだ。

芥川比呂志が六十一歳で旅立った丁度一年後の一九八二年、作品社から『芥川比呂志書簡集』が刊行されている。「少年時代」「軍隊から」「戦後」「ヨーロッパから」「病院おじい」「師へ　友人へ」の六章に、家族や友人、知己にあてた二百五十通ばかしの書簡がおさめられている。なかに「昭和五十四年十一月十四日」付けの私宛の葉書もあって、その全文〈先日は唐突に不躾なお願いを致しおまけに不覚な取り違えで汗顔の至りでした。悪しからずおゆるし下さい。お蔭で迷路から抜けた気分です。若い円生の俤（おもかげ）は鮮かなのに橘の円のほうは名前だけで憶えている、というのが我ながら情けない次第です。今ラジオで先代柳好の「宮戸川」が始まつた所です。〉

（二〇一七年十一月二十七日）

この葉書を頂戴したいきさつを記せば、こうだ。三遊亭圓生が巡業先の習志野で、上野動物園のパンダと同じ日に頓死したのが話題になっていた。突然という感じで芥川さんから電話があって、「小説新潮」に圓生のことを書こうと思うのだが彼が若い頃橘ノ圓を名乗っていたかとの問いあわせだった。三代目の桂三木助と混同していることを指摘してあげたことへの礼状なのである。

このときの電話で、芥川さんはテレビ報道で見た瓜実顔にひっつめ髪の圓生未亡人を「子供の頃、隣近所であゝいう顔したおばさんをよく見かけたものです」と語り、一拍おくと「江戸前のモジリアニですな」とそのまま静かに電話を切った。

神様の日記

（二〇一七年十二月四日）

高校生の頃、志賀直哉にはまった。『大津順吉』『和解』で、その若若しい強烈な自我意識に、打ちのめされる思いに襲われたのがきっかけだった。『小僧の神様』『正義派』など、完成された短編の面白さに魅入られ、大作『暗夜行路』に至った。現代文の規範を見る思いがした。

志賀直哉に夢中になってる真っさ中、当の志賀直哉とすれちがったことがある。冬の日曜日の朝、級友の家を訪ねるべく、渋谷の宮益坂口から東横線改札口への階段をのぼっていると、向こうからひとり志賀直哉がおりてきたのだ。寒い朝だというのにコートも着ないで、茶のツイードの三つ揃い、首に毛のマフラーを巻きつけた格好だった。顎に白鬚たくわえ、ステッキを手に背筋をぴんとのばし、前方をしっかり見据え階段をおりてくるさまは毅然たるもので、正しく「小説の神様」。太宰治が『如是我聞』で必死に立ちむかったのを、軽くいなすことすらしなかったのも、むべなるかなと思わせてくれた。戦後のしばらくを熱海で過ごした志賀直哉が、渋谷に居を移した頃であるまいか。

岩波書店から、小型変形判の『志賀直哉全集』が刊行された頃、志賀直哉への熱はいささか醒め加減だったのだが、全集に「日記篇」というのが何巻かあったのに食指が動いて結局全巻購入してしまった。

直哉、数えの二十二歳一九〇四年の日記を読むと、学業そっちのけで当時流行の娘義太夫に入れ揚げている。五十五日間のうち二十七日を寄席や芝居小屋に入りびたっていたのだから、病膏肓と言っていい。贔屓は、一世を風靡した豊竹昇之助で、このとき東上二年目の十四歳の男装少女だった。

敗戦後の五一年から五三年にかけての老年期は、麻雀三昧の日日を送っている。卓をかこんでいた廣津和郎に、松川事件のことをはなしかけたらチョンボしたのを嬉しがるなど、「日記」にみる志賀直哉は、神様ではなく人間そのものだ。

文化学院で

（二〇一七年十二月十一日）

一九五三年に、どうにか高校は卒業させて貰ったものの、受けた大学全部落ちてしまった。受験勉強そっちのけで、映画だ、芝居だ、寄席だジャズだとうつつを抜かしていたのだから、考えるまでもなく当然の帰結で、べつに落ちこむことはなかった。落ちこむどころか、時間ばかりたっぷりある身になったのをもっけの幸いと、その行動範囲に競馬と悪所が加わったのだから、翌年また大学を受けたところで、結果は目に見えていた。

小さな新劇団の年増女優さんに、「お茶の水の文化学院なら入学の学科試験がなくて、面接だけで入れてくれる」と教えられて、戸川エマ、仁戸田（にえだ）六三郎両先生の面接を受けに出かけた。戸川秋骨令嬢の評論家に、宗教哲学の教鞭を執っていた早稲田の名物教授だ。志望理由を訊かれて「勉強する気はさらさらないけど、遊びに行くには面白そうだから」と生意気言ったら「いい了簡だ」と仁戸田先生に褒められた。

その頃の文化学院の授業は、早稲田の暉峻（てるおか）康隆の江戸文藝、法政の乾孝の心理学、慶應の奥野信太郎の中国文学（休講が多かった）、「週刊朝日」編集長扇谷正造のジャーナリズム論など、錚錚（そうそう）たる教授陣で面白かった。ラヴェルの「ボレロ」は交通事故で発狂する前兆だと仁戸田六三郎に教わったし、暉峻康隆は西鶴そっちのけで、落語について鹿児島訛りで弁舌をふるうのだ。

道路ひと跨ぎの山の上ホテルがオープンしたてで、女の子を誘って授業を抜け出し、ロビーで珈琲をのみ、学生街の喫茶店では味わえない雰囲気を楽しんだ。片隅のテーブルで山内義雄がひとりフランス語(のはずだ)の原書を読んでいるのや、吉行淳之介が数人の編集者相手に打ち合わせしてるのを垣間見ながら、青臭い映画論などで時を過ごしたものである。

物書き渡世となって山の上ホテルでひとと会うたびに、自分があのときの吉行さんよりはるかに年齢を重ねているのを思い、なんともいえない懐かしさに襲われている。


(二〇一七年十二月十八日)

昭和も遠く

私より六つ年上の小沢昭一さんに、こう言われた。

「これからはお互い、生きてきた昭和という時代の記憶だけで充分商売していけるんだから、なまじ現代の風潮に対してあれこれ口出しする必要はないよ」

言われたのは平成と年号が変わって、二十年を過ぎた頃だ。

中村草田男が、

降る雪や明治は遠くなりにけり

間を優にこえている。
と詠んだのは一九三一年、つまり昭和六年だそうだ。大正をはさんで、十九年の歳月を経ての感慨ということになる。気がつけば、昭和ははるか二十九年むかしで、草田男が明治へ思いをはせた時間を優にこえている。

いつの世にも、團十郎爺だの菊・吉爺だのと呼ばれる芝居の見巧者を気取る年寄りがいて、「昔の役者はよかった。それにくらべていまの……」と、嫌味たっぷりな蘊蓄を傾ける。ああはなりたくないと若い時分、只管（ひたすら）いまの役者・藝人のよさを求めて、漱石ではないが、彼らと同時代を生きる喜びを満喫してきた。小沢昭一さんに、「どうやら俺たちシンブン爺とかげ口たたかれてるらしいぜ」とも言われ、シンブン爺が志ん生・文樂爺のことだときいて、思わず呵呵大笑してしまった。呵呵大笑して、こうなったらシンブン爺を名誉の称号と受取って、それに徹してやろうとこころにきめた。

こころにきめたものの、考えてみれば私はずっとこのかた昭和の時代に見ききしたことばかし、書きつらねてきた。だから同時代の事柄について何事かを書いたり、語ったりしてるのは、はるか昔の仕事ということになる。

あの十五年戦争の実際と、その影響に支配された昭和という時代の様相が、いま高齢者と呼ばれる人たちによって、語りつがれていかないことには忘れ去られてしまう事態と向きあって、小沢昭一さんに言われた言葉の重みがつくづく身にしみる。

昭和も遠くなりにけり。

トップに会って

（二〇一七年十二月二十五日）

一九七六年九月から七八年十月まで、「毎日新聞」の「新サラリーマン」なる面に、「私の信条」のタイトルで、一流企業のトップとのインタビュー記事を週一回で連載した。痩せても枯れても物書き稼業、印税と原稿料以外の収入は潔しとしないと突張っていた四十そこそこの私が依頼されたのは、「この記事はサラリーマンの体験のない人に書いてもらう」という、特集版編集長中村侔の意向だった。これもフリーのカメラマン田辺幸雄ともども、社旗立てた黒塗りの車で乗りつけて、出迎えてくれた秘書役に丸善製和紙の肩書の無い名刺を差し出すと、「あれえ、毎日の方じゃないんですか」と露骨に不快な顔をされたりしたものだ。

ぶっつけでお目にかかったトップの面面だが、日本商工会議所・永野重雄、NHK・坂本朝一、西武鉄道・堤義明、トヨタ自動車・豊田英二、サントリー・佐治敬三、花王石鹸・丸田芳郎、CBSソニー・大賀典雄、富士銀行・松沢卓二、日本精工・今里広記、鹿島建設・石川六郎などなど多士済済。日本青年会議所会頭だった麻生太郎にも会っている。

これだけ偉い人たちと会っていながら、どんなはなしをしたものかあまり覚えていない。坂本朝一とは役者や藝人の噂ばなしに終始したこと、中学高校で同級だった堤義明とは世間ばなししかしなかったこと、『スター・ウォーズ』をまだ観ていないという松沢卓二とは、映画談義で時を過ごしたことなどが記憶に残っている程度だ。

面会時間を厳守することは、すべてのトップに共通していたが、その采配は担当秘書の大切な役目なのだろう。唯一の例外が麻生太郎で三十分ほど待たされた。

作家堺屋太一と会ったのは、キャリア官僚通産省研究開発官・池口小太郎の時代だった。「キャリアから逃れるには辞めるほかになく、離婚や自殺者が多い」ときいて、出来の悪い民間人でよかったとつくづく思った。

久方ぶりの「街蕎麦」体験

(「讀賣新聞」「味な話」二〇一五年三月八日　以下同紙掲載)

ついこの間まで、どんな町内にも一軒はあったのに、姿を消してしまった商売に蕎麦屋がある。と言って商売そのものがなくなったわけでなく、グルメブックに紹介されているような高級店と、繁華街ならどこでも見かける券売機を備えた立ち食い蕎麦とに二分されてしまった。

ふつうの町なかにあった蕎麦屋を、色川武大さんは「街蕎麦」と称していたが、その街蕎麦屋がなくなって、お馴染みの光景だった蕎麦屋の出前持ちを見ることもかなわなくなった。何枚ものせいろを積みあげた盆を肩に、颯爽と自転車を走らせるいなせな姿は、もう古い映画のシーンでしかお目にかかることができない。わが母校の先輩、小沢昭一さんの出世作は、川島雄三監督『洲崎パラダイス 赤信号』だが、蕎麦屋の出前持ちの役だった。そう言えば、不意の来客や、小腹の空いたときに蕎麦屋から出前をとる風習もなくなった。たいていの家の、昨今の呼称で言う固定電話機の前には、品書と値段の刷られた蕎麦屋のチラシが置かれていたものだが。

雨の日だった。中央線沿線の小劇場に出かけたのだが、思いがけず早く着いてしまった。こんな機会に色川流街蕎麦で時間をつぶそうと、駅周辺をさがしまわったのだが案の定ない。かれこれ二十分近く歩いて、人通りも少なくなったところでやっと見つけた。ぎしぎしいう扉をあけると、古い型のテレビの前の席で、革ジャン着た茶髪の兄さんと、店の主人らしき白髪の爺さんが、一杯やりながら世間ばなししているだけでほかに客はいない。どうやら納入品の集金ついでの雑談らしい。

こちらもとりあえず一本つけてもらったのだが、つまみに出された胡瓜と白菜のぬか漬けが絶品だったので、一本のつもりが二本になった。そこへビニール傘手にした入学前の男の子がいきおいよくとびこんできた。孫らしい。調理場から出てきたおかみが、「持ってきな」と手にした菓子袋を差し出すと、「いらない」と言いざま店の小棚から漫画本を抜き出して去っていった。「初めての蕎麦屋ではカレー蕎麦を注文するのが無難」という誰かの言に従って、ちょうどいい頃合いに店を出たのだが、久方ぶりの街蕎麦体験は、悪いものじゃなかった。

晩年の小沢昭一さんは「手銭でものを食べるときは、家族経営の小店に限る」と、よく口にしていた。世に言う名店は、人件費と土地代を食べに行くようなものだという。街蕎麦が姿を消すにも、それなりの事情があるようだ。

香港漫遊　ハムユイの炒飯

（二〇一五年三月十五日）

香港が好きで何度かあの地を訪れていた神吉拓郎、品田雄吉、それに私の三人で「香港漫遊記」なる読み物をつくるはなしが、京都の某書肆から持ち込まれ、そこの副社長と担当編集者を加えた五人で、五日間ほどの取材旅行をしたことがある。航空会社がスポンサーについて、費用全額先様持ちの、その頃流行った嫌な言葉を使えば、「おいしい仕事」だった。かれこれ四半世紀になる、無論、中国返還以前の話だ。

沙田（シャティン）で競馬を楽しみ、ジャッキー・チェンの生みの親レイモンド・チョウに品田雄吉がインタビューするのにつきそい、まる一日でできあがるワイシャツを仕立てたり、鶏血石（けいけつせき）の落款を彫ってもらうなど、いつもとは少しばかし違う香港の貌（かお）にふれることができた。

大きな窓ガラスいっぱいに夜景にはちょっと早い香港島をのぞみながら、ホテル・リージェントのパーラーで五人でくつろいでいたとき、神吉拓郎にピムスナンバーワンをすすめられた。英国人が昼下がりに好んで口にするロングドリンクで、サマセット・モームの小説にも出てくるという。縦割りにした胡瓜が差してあるのが面白かった。アルコールを嗜まないのに、神吉拓郎という人、意地汚い呑兵衛の私よりはるかにお酒に精通していた。ピムスナンバーワンは、帝国ホテルのオールドバーでも飲めることをこのとき教えられたのだ。

結論から申すなら、帰国後三人が三人ともに一枚も原稿を書かず、はじめは催促きびしかった版元もつぶれてしまうなどあって、楽しい三人の漫遊体験だけが残された。

香港へ出かけるたびに思うことだが、あの地で食べる炒飯はほんとうに美味しい。むこうの米は、炊くよりも炒飯にむいているのだろう。ハムユイの炒飯というのに、初めてお目にかかったのも香港だった。ハムユイは干した塩魚の一種らしく、漢字でどう書くのかメニューからメモした記憶があるのだが、忘れてしまった。愛用している本山荻舟（てきしゅう）『飲食事典』（平凡社）にも出ていない。

東京のめぼしい中華料理店にハムユイの炒飯がないか、何度となくさがしたのだが果たせなかった。時どきのぞく有楽町の古い広東料理の店で、メニューにないのを承知のうえで、ハムユイの炒飯ができるか訊いてみたら「できる」という。言うところの裏メニューだったのだ。以来ビールの小壜にハムユイの炒飯の昼めしを時どきやっているのだが、裏メニューとあってハムユイの漢字はまだわからない。

懐かしき大船駅の名物

（二〇一五年三月二十二日）

岸田國士に『紙風船』という一幕物がある。結婚一年目らしい夫婦が、「晴れた日曜の午後」、東京駅発八時何分かの列車の二等に乗って、鎌倉日帰りの空想旅行をするスケッチ劇で、一九二五年の作だ。すでに実際の夫婦になっていたかどうか知らないが、仲谷昇と岸田今日子によって、五四年六月、一橋講堂で上演された文学座公演を見ている。

芝居のなかで、夫婦が大船で車窓をあけてサンドイッチの駅弁を買うのだ。戦前、大船駅のサンドイッチは、横浜の焼売以上に有名だったときいている。『紙風船』の夫は、横浜を「こんな処に用はない」と言っている。

一九六六年から十年程、茅ヶ崎の団地に住んだので、東京に出るのに湘南電車を利用した。無論国鉄の時代で民営化論議かしましく、国鉄という字は「国が金を失う」と書くなどと揶揄されていたものだ。もう横浜の焼売は、東京のどこのデパートでも手にはいったが、大船のサンドイッチは、それほど口の端にのぼることもなく、いまでもそうだが大船の駅弁といえば小鯵の押寿司だった。そんなわけでせっかく湘南電車を利用しながら、大船のサンドイッチには頭が行ってなかった。だいいち湘南電車はグリーン車こそあるものの通勤電車で、物見遊山客は乗っていない。それが茅ヶ崎住まいも五年をこした頃、たまたま『紙風船』を読む必要にせまられて、このサンドイッチを買う場面にふれ、読んだ明くる日だったか、わざわざ大船で途中下車して求めたものである。

その大船のサンドイッチ、耳切り落とした薄いパンに、これまた薄いロースハムがはさんであるだけの、私たちが子供の頃に味わったのとまったく同じもので、食べて懐かしさのほうが先にたったものである。私たち世代が占領下に愛読した漫画チック・ヤングの『ブロンディ』で、ダグウッドがぱくつくパンの皮の数倍はあろうという具をはさんだアメリカンスタイルのものが、もうこの国にも現れて、サンドイッチといえばカツサンドが主流の時代になっていただけに、大船駅のサンドイッチを口にして、いろんなことが甦ってきたのだ。

月初めの一日を、新装なった歌舞伎座で過ごすという贅沢をさせていただいているのだが、昼の部の幕間に喫茶室で珈琲をのみ、サンドイッチを口にする。このサンドイッチがむかし風で、なんとなく大船のを思わせてくれるのが、楽しみなのである。

Ⅲ　藝という世界

落語とメディア展

（「enpaku book」二〇一七年）

その揺籃の時の求め方によって、三百年とも四百年とも言われている、この国独自の舌耕藝落語の歴史だが、こんにちほど人口に膾炙している時代はないし、それに携わる藝人の頭数も未曽有の数字を示している。

落語は観る藝ではなく、聴く藝だという観点に立てば、観客というより聴客とすべきかもしれないが、いまから百年ほど前までは、その聴客として落語にふれようと思ったら、戦前の最盛期にはひとつ町内に一軒ぐらいの割合で存在したといわれる寄席の木戸をくぐるか、寄席の木戸銭よりはるかに高額の祝儀を支払って、お茶屋や待合の座敷に落語家を招くしか手だてがなかった。それも東京、大阪のような大都市に限られたはなしで、地方にあってはドサ廻りなどと蔑視されていた藝人の一座が訪れるのを待つしかなかった。

そうしたかたちで落語を楽しんでいた聴客、なかでも好事家と呼ばれる人たちのあいだに世にいう通意識が生まれ、通人の肩書にものを言わせ、演じる側つまりは落語家にもいろいろと影響を与えるようになる。そのことが、落語をより多くの人たちに鑑賞される娯楽藝能化する歩みを、一時的にはばんでいたことは否めない。

早稲田大学坪内博士記念演劇博物館二〇一六年度企画展「落語とメディア」は、落語がメディアによって、一部の好事家から解放されて、多くの人びとに知られる藝になり、この国のエンターテインメントの世界に、確実な居場所を定めるに至る過程を、明快に展示してくれた。

幕末から明治にかけて、寄席で演じられる落語の存在を人に伝える唯一の手だてであった、出演者と席亭を記した広告ビラが、おそらく時代の先端を行っていたであろう色彩感覚にあふれたデザインであったことを、あらためて教えてくれる。そしてその背景には、既に西欧からも高い関心を寄せられていた浮世絵があったはずである。

一八八四年（明治十七）、東京稗史出版社刊による、三遊亭圓朝演述・若林玵蔵筆記『怪談牡丹燈籠』を嚆矢とする速記本の誕生は、それに先立つ一八七二年（明治五）の学制頒布によって急増した、字の読める階層に浸透し、多くの読者を獲得する。

さらに一九〇三年（明治三十六）頃から制作販売された平円盤レコードに、初代三遊亭圓右、三代目柳家小さん、橘家圓喬、上方の二代目笑福亭枝鶴など、その時分の名人上手、人気者が次次に吹き込んだことによって、わざわざ寄席に足をはこぶことなく、落語を聴くのを可能にした。

活字によって落語を読み、レコードによって落語をきくことで、落語は東京、大阪という限られた都会から大きく羽搏いて、津津浦浦に認識されるところとなる。

こうしてその認識度を高めていった落語だが、寄席演藝と呼ばれるカテゴリーのなかでも、その地位を確乎たるものとさせたのが、一九二五年（大正十四）三月二十二日から開始されたラジオ放送であったのは言うを待たない。公共放送のNHKが独占していたそのラジオ放送事業に、広告収入を経営基盤に置く民間放送が参入しようとする動きは、一九四五年（昭和二十）八月の敗戦直後からあった。民主化と言論の自由に関する日本政府とGHQ側の意向が錯綜をつづけたこともあって、発足は「電波法」「放送法」「電波監理委員会設置法」のいわゆる電波三法が施行された一九五〇年（昭和二十五）六月まで待たねばならず、翌年九月に名古屋の中部日本放送、大阪の新日本放送（現・毎日放送）が開局して、放送新時代の幕開けとなった。

民間放送の発足は、落語家の仕事を急増させた。NHKが放送事業を独占していた時代は、出演できる落語家も一部の人気者に限られていたが、民間放送の開局はそれまでラジオ出演の機会に恵まれなかった多くの落語家にも手がさしのべられることになる。一九五三年（昭和二十八）七月、当時はラジオ東京といったTBSが、落語家の専属制を断行した。八代目桂文樂、三遊亭圓生、古今亭志ん生、五代目柳家小さん、初代昔々亭桃太郎の五人と専属契約を結び、さらに翌年、八代目林家正蔵（彦六）、三代目春風亭柳好、四代目三遊亭圓遊を加え陣容を強化した。ラジオ東京との契約に漏れた落語家は、競って文化放送や新しく開局したニッポン放送の専属となり、NHKも六代目春風亭柳橋、三代目桂三木助と専属契約を結ぶにいたるのだ。

一九五三年（昭和二十八）二月一日、NHKが東京地区で本放送を開始したテレビ放送は、やがて茶の間の娯楽を独占することになるが、一方で映像世界に進出したアニメーション、活字を凌駕する勢いの劇画、漫画などなど、落語がこれだけ人びとの暮しにはいりこむことにメディアの果した役割の大きさを伝えた、企画展「落語とメディア」だった。

そして、落語がいかに多様化し、多方面に浸透しても、その本質は寄席というきわめて小さな空間が生み出した藝であることを、問わず語りに示してもくれた。

この落語が聴きたい

（「つるとはな」二〇一五年2号）

いまさら夏目漱石を持ち出すまでもなく、同時代に生きる喜びを与えてくれる藝術家を持つ仕合せで言えば、落語において古今亭志ん朝と立川談志を聴けたことをあげるのにためらわない。ただ、このふたりには絶対的な相違もあって、古今亭志ん朝には立川談志に見られる「上手いことは認めるけど、嫌いだ」という評価がまったくなかった。藝におけるその個性、持味、資質が、すぐれて普遍的だったということで、こんな落語家はそう出るものじゃない。

「名鑑」によると、古今亭志ん生の次男美濃部強次が、父の門から父の前座名朝太を名乗って落語家になったのは、一九五七年の二月で、満十九歳を目前にしていたはずである。このことを知り、とるものもとりあえず新宿末廣亭にかけつけた。入門したての前座がはたして高座にあがるものかどうか、見当つかなかったが、とにかく出かけずにはいられなかった。いずれにせよ前座の落語家目当に寄席の木戸くぐった、最初でおそらく最後の体験である。

このときふれた高座に、正直度胆を抜かれた。まだあどけなさの残されたくりくり坊主姿が、すでにして一丁前のはなし家の風情をそなえていたうえに、テンポのいい軽快で明るい口調が、本格的な玄人のそれだった。その時分の前座には、たどたどしい口調でしどろもどろになって、「これから先はできません」と頭を下げて高座をおりるなんてのが珍しくなかったから、度胆を抜かれたというのは本当である。

落語家になってすぐ、東京というより日本で唯一の釈場、つまりは講談の専門席上野本牧亭（木造二階建の下足制畳敷客席がいまなつかしい）で、二ヶ月に一度「古今亭朝太の会」なる勉強会を開いた。この会は六二年に入門五年という異例の早さで、志ん朝を襲名真打になるまでつづいたが、前座、二ツ目の若手落語家がこうした会を開くこと自体が、これまた異例だった。毎回超満員の客をあつめた異例づくしのこの会で、志ん朝は次次に大ネタを披露し、しかも二ヶ月毎に急速な進歩の跡を見せてくれた。才能ある若者が六十日間に投入したエネルギーが、ものの見事に結実したすがたを観せられるわけで、こんな調子で腕をあげていったらこの先際限がないようで、そら恐しくさえなったものである。助演で同じ高座をつとめる同門の兄弟子たちが、みじめに見えて気の毒だった。比較されるのをおそれ、軽いはなしをさっと演って、お茶をにごすしかなかったのである。

半世紀になんなんとする時間、ずいぶんいろいろの舞台にふれつづけてきたけれど、毎度毎度客席でぞくぞくと鳥肌のたつような思いをさせられたのは、いらい歌舞伎で市川新之助時代の海老蔵に出会うまでなかった。その海老蔵は、たえずあやしい危険をはらんでいて、そこがこのひと特有の魅力でもあるのだが、朝太から志ん朝へのこの落語家の歩みはすこぶるまっとうで、健全につきていて、危険のかげはつゆほどもなかった。

古今亭志ん朝が落語家として生きた四十四年の歳月は、短かすぎるというほかにないのだが、その四十四年間に披露された演目の数はいかほどのものか。残された出演記録、音源、速記などから数えあげることは可能だし、それをした研究者もいるはずだ。いずれにしても多大な数にのぼるものと思われる。無論それらの大方にふれたわけではないのだが、私の聴いた限りすべて満足のいくもので、多くの名人、上手と呼ばれる演者にありがちな「さすがの誰某も、あのはなしだけはいただけなかった」と言われるような演目が、ひとつとしてなかった。この一事にも、宿敵立川談志との較差が見出せる。

その古今亭志ん朝の数多の演目のなかから、志ん朝ならではの色彩の傑出しているものとして、『火焔太鼓』と『文七元結』の二本をあげてみた。

ご存知『火焔太鼓』は、父志ん生の十八番であり、兄の十代目金原亭馬生も演じ、古今亭のお家藝と言われてきた。志ん生の『火焔太鼓』は全篇が強烈な志ん生の個性に塗りたくられていた。つまり古今亭志ん生という稀有な落語家独特の存在感なしには成立しないはなしと化していた。主人公の道具屋甚兵衛も、その甚兵衛を尻に敷く女房も、店の小僧も、家老の三太夫も、登場人物すべての人格が、落語家志ん生固有のキャラクターに埋没して、そこが真骨頂だった。古今亭志ん朝の『火焔太鼓』は、あえて大袈裟な言い方をするが志ん生の呪縛から解放し、志ん生の『火焔太鼓』を、面白い落語の『火焔太鼓』に変身させた。登場人物が演出のキャラクターに支えられていたのを、人物そのもののキャラクターを演者が引き出し造型するという、落語の持つ演劇性に強い視点を置いてみせた。このことによって、演者それぞれの個性が生かされた『火焔太鼓』は多彩な貌を見せはじめ、古今亭のお家藝という枠組みから自由に羽搏いてみせたのである。

三木のり平に心酔していた古今亭志ん朝は、役者としても数多くの舞台を踏んでいる。その豊富な役者体験が、本業の落語に理想的に生かされた好例として『文七元結』をあげたい。舞台化されて何度となく上演を重ねている三遊亭圓朝作の人情噺である。豪放に見えて気が弱く、後先のことは頭になく、熟慮黙考することを知らないから論理的に一貫した行動のとれない、破滅型善人の左官職長兵衛をはじめとする、個性豊かな多くの登場人物を完璧に演じ分けてみせてくれた。

番外として、本牧亭の勉強会で聴いた『鰻の幇間』を記しておきたい。脳天気につきる野幇間一八の悲哀を描いて逸品だった。その後信仰上の問題から大好物だった鰻を断った志ん朝は、食べるばかりか、『後生鰻』『鰻屋』など、鰻の出てくるはなしまで封印したため、幻の名演になってしまった。

（「東京人」二〇一八年十一月号）

廓ばなしの名人たち

山のアナアナの『授業中』や、高齢家族の滑稽を描いた『中沢家の人々』などの自作自演で売った三遊亭圓歌が、まだ歌奴を名乗る若手の時分、高座にあがり一礼するや、

「昭和三十三年三月三十一日。たとえ親の命日忘れても、この日ばかりは絶対忘れない」

と口をひらき、

「神近市子というばばあ、一生怨んでやる」

とつづけたものである。

昭和三十三年、つまりは一九五八年三月三十一日は、一九五六年に制定された公娼制度を廃止する売春防止法が実施され、赤線とよばれていた全国の遊廓の灯が一斉に消された日である。神近市子は、かつて恋愛関係にあった大杉栄を刺し、瀕死の重傷を負わせた婦人運動家で、戦後は左派社会党の衆議院議員として売春防止法の成立に尽力した。

ことの当否はさておくとしても、それぞれ殷賑をきわめたり、また斜陽をかこったりする、この世に存在する幾多の商売のなかで、ある一日を期して一斉に店仕舞いしてしまったものとなると、

日本商業史上にもこればかりは、そんなに例のあるものじゃない。

そのある一日をもって姿を消した時分の遊廓は、いまさら廓と名乗るほどの情緒はとっくに失われ、所轄警察署の地図には、特殊飲食店街と指定され赤線でかこまれた、単なる性の排泄所と化していた。それでも落語には、そんな特飲街ではない、古き良き時代の遊廓を舞台にした廓ばなしの名作が数あって、その名作を手がける落語家のほうも、実地勉強と称してせっせといまは名ばかりのあの廓(さと)へ通ったものだ。殺風景な赤線ではあっても、擬似恋愛の成立する情趣は、わずかながらも残されていた。

小学館の『日本国語大辞典』では、「また、特に、遊里に取材した落語」と素っ気なく記している「廓ばなし」だが、藤井宗哲編『花柳風俗語辞典』(東京堂出版)では、
吉原、品川、新宿、板橋などの廓、四宿などを舞台にした落語のことをいう。『五人回し』『突き落し』『品川心中』『文違い』など。

と具体的だ。この『花柳風俗語辞典』の記述でもすぐに気づくことだが、おなじ落語でも上方落語には、『三枚起請』がそれらしいくらいで、廓ばなしと呼べる演目がほとんどない。そのかわり「はめもの」と称するお囃子の入る、お茶屋を舞台にした名作がすこぶる多く、東京にも移入されている。廓ばなしは東京落語に固有の存在と言い切っても、間違いではない。

東京に固有の廓ばなしだが、そのほとんどが吉原を舞台にとっている。江戸時代唯一の公娼施設だった吉原に加えて、「藝娼妓解放令」が発令された一八七二年(明治五)に、新宿、品川、千住、板橋の旧四宿と根津(後、洲崎に移転)も公許の廓となっているが、廓ばなしの舞台になっているの

は、『文違い』の新宿に、『品川心中』の品川くらいだ。

遊廓という言葉が普及一般化したのは明治以降と言われるが、大方の廓ばなしの舞台となっている吉原は、言ってみればこの国を代表する廓の中の廓で、それだけに格調も高く、遊女と一夜をともにできる場所である一方で、江戸文化・流行の発信地でもあった。とくに江戸期の太夫とか花魁と呼ばれた格式の高い遊女のところに登楼する客は、まず引手茶屋で藝者や幇間などをあげ、いわゆるお座敷藝を堪能した上でおもむいたものである。引手茶屋は、戦後の売春防止法が実施されるまで、吉原の廓内に数軒残されていた。遊女のところに登楼することなく、引手茶屋のお座敷遊びだけで吉原情緒にひたって帰る、言うところの文化人も少なくなかった。無論、吉原通いする飄客(ひょうかく)たちの大半はお座敷遊びを素通りして、店先で、

「ちょいと、そこのお眼鏡さん」

などと呼びこむお女郎さんや、妓夫太郎(ぎゆうたろう)なるちっとも若くない若い衆と直接かけあって登楼した。

廓ばなしを演(や)っていて、そんな妓楼を安直に「女郎屋」と口にした古今亭志ん朝は、楽屋で高座をきいていた父親の古今亭志ん生に、

「お前、女郎屋は品がないよ。貸座敷とお言い」

と言われたそうだ。

「まるで、あの親父らしからぬ駄目出しだった」

と苦笑していた志ん朝を思い出す。

一九六八年に六十一歳で逝った講釈師五代目一龍斎貞丈は、斯界きっての博識の持主だったが、艶福家で遊び人でもあった。その人望を慕う若手の落語家を集めた一心会なる勉強会を組織していたが、遊びの勉強にも余念がなかった。廓ばなしに出てくるような引手茶屋からくりこむ本格的な遊びを体験させるべく、若手落語家の何人かを吉原一の茶屋と言われた金村の座敷に招いてくれたことがあった。招かれたのは十代目金原亭馬生、歌奴時代の三代目圓歌、林家照蔵だった五代目春風亭柳朝、小きん時代の四代目柳家小せんなど。

「さすがだね、あんとき金村知ってたの馬生兄さんだけだったもんね」

と、圓歌がしみじみとした口調で言っていた。みんな一張羅に身をかため、張り切って出かけたのだが、ジャンパー姿の小せんは、

「お供さんはこちらへ」

と運転手控室に通されてしまったそうだ。

新内『明烏夢泡雪』、人情噺『明烏後正夢』から材を得て、浦里、時次郎と登場人物名も借りている廓ばなしの名作『明烏』。

いい年齢になっても堅物すぎて、親父の半兵衛を心配させている日向屋の倅時次郎。町内の悪を自任する源兵衛と太助のふたりに、観音様の裏手にあるお稲荷さんにお籠りに行こうと誘われる。察しのいい半兵衛は、「あのお稲荷さんは身装が悪いと御利益がない」と、着物を着換えさせ、金を持たして出してやる。

この『明烏』をしばしば高座にかけていた八代目桂文樂の速記（『桂文楽全集　上』立風書房）から、

「お稲荷さまのお巫女のうち」とごまかしてあがった引手茶屋を、「化けの皮の顕われないうちに送りこんでしまおう」と妓楼にむかうくだりを引くが、ある時代の廓の風景が極彩色の映像よろしく描かれる。

稲本、角海老、大文字、品川楼……大店でございますな。幅の広い梯子段をトントン、トントン、トントン、トントン、トントン、トントン蹴立ってあがる。廊下なんざ広くってすゥッと、この見通せませんくらいのもんで……。ところどころにこの電気が、この配線をしてある。

出てくるご婦人がてえと、文金、赤熊、立兵庫なんて髪形をいたしまして、部屋着てえものを着ますな、花魁は。左でもってこの、張肘てえものをいたすそうで……。で、右で花魁は棲をとります。で、厚い草履をはいて、パターン、パターン、パターン、パターン……。この姿を見た日にゃ、どんなはじめてのかただって、これは一見して女郎屋てえことは、どなたにでもおわかりんなりますから、

「（大声で）源兵衛さァんッ、なん……（泣き声になって）貴方、ここァ、お女郎屋じゃありませんか」

昭和の落語を代表する名人の双璧、志ん生・文樂の、天衣無縫・自由闊達と評された志ん生が、女郎屋なる言葉をきらい貸座敷と表現していたのに対し、精確な機械にまで譬えられた格調を誇り、志ん生と対照的な藝風の文樂が、女郎屋と口にしてるのが面白い。もっとも古今亭志ん生が女郎屋

と言っている高座にふれたという人もいっぱいいて、女郎屋と言おうが、貸座敷と言おうが、ふたりの持てる至藝の瑕瑾とはかかわりのないことだ。

廓通いに熱心だった数ある落語家のなかには、いまや伝説化されてる人物もいる。廓通いが過ぎて、二十七歳で腰が抜け、三十で失明。失明後はかつて吉原で御職を張った恋女房おときに背負われて楽屋入りし高座をつづけた。この脳脊髄梅毒症に白内障をおこした廓ばなしの名手が初代柳家小せんで、ひと呼んで盲目の小せん。

一九一五年（大正四）の十月二十三日付を第一回に、十二月二十三日付まで四十五回にわたって「失明するまで」と題した「柳家小せんの実歴譚」というのが「都新聞」に連載されている。「小せん回想録」ともいうべきものだ。この連載に登場する、柳家小せんをかこむ文人たちの名をあげると、吉井勇、久保田万太郎、中村秋湖、岡村柿紅、関根黙庵、楠山正雄、小絲源太郎、長田幹彦、斎藤緑雨、長谷川時雨など多士済済で、いかにこの小せんが多くの文人たちから愛されていたかがわかる。志賀直哉や里見弴も小せんのことを書いたものを残している。柳家小せんの身を案じた吉井勇は、

盲目の小せんが発句を案じゐる
置炬燵より悲しきはなし

と詠み、小せんは、「手紙を読む時と書く時は、目がほしう御座い升」という代筆の便りを吉井勇に送っている。

その柳家小せんの十八番で廓ばなしの傑作に『五人廻し』がある。お目当ての花魁喜瀬川が田舎者のお大尽の部屋に居ついたまんま動こうとしないのに、威勢のいい職人、官員、通人気取り、近在のあんちゃんが、妓楼の若い衆をどなりつけるやら、煙にまくやら、ぼやいたり、嫌味を言ったり、いずこも同じ廓の風景が展開される。なかで職人が若い衆を相手に廓の法を説き、吉原の歴史を述べたてるくだりがあって、これが見事なる「吉原概論」になっている。一九一九年（大正八）三芳屋書店刊の『廓ばなし小せん十八番』から引いてみる。

汝達(てめへたち)に吉原の法なんぞを聞かされて引込むやうな兄(にい)さんとはお兄哥(あにい)さんの出来がチョット違ふんだ、オギヤアと生まれりや三ツの時から大門(おほもん)を跨(また)いで居るんだ。抑々(そもそも)吉原といふもんの濫觴(はじまり)は、元和(げんな)三年の三月に庄司甚内といふお節介(せつけへ)野郎があつて、淫売といふものを廃する為めに、公儀(おかみ)へ願つて出て、初めて江戸に遊廓といふものが出来たんだ、昔から此所(ここ)にあつたんぢやアねえぞ、昔は葺屋町(ふきやちやう)の二丁目面(めん)といふものを公儀から拝領をして、葺屋町に廓があつたればこそ、大門通りといふ古蹟が未(いま)だに遺(のこ)つて居るんだ。夫れを替地(かへち)を命ぜられたのが此所だ、以前(もと)は一面の葭茅(よしかや)繁つた原だといふので葭原(よしはら)といつたのを、縁起商売だからてえんで吉原と書いて吉原と読ましたんだ。近くは明治五年十月何日(いつか)には解放といふ切り放しがあつて、夫(そ)れから後(のち)は女郎屋(じようろ)が貸座敷と名が変つて、女郎(じようろ)が出稼ぎ娼妓となつたんだ。吉原中で大(おほ)見世が何軒で中(ちう)見世が何軒、小(こ)見世が何軒あつて、仲の町藝妓(げいしや)が何軒、横町の藝者が何(ど)の位ゐ、幇間(たいこもち)が何(ど)れ程あつて、台屋の数が何十何軒、おでん屋が何(ど)の位ゐ出て、河内屋といふ楼(うち)の前へ出るおでん屋の蒟蒻(こんにやく)の切(きれ)が大きくつて、汁が美味まで知つて居るお兄哥さんだ、水道尻にしてある犬の糞が、赤がしたか、ぶちがしたか、黒がしたか、端からソツと嗅ぎ分けて見るお兄哥さんだ、間誤々々して見やアがれ、頭から塩をつけて噛るぞツ

柳家小せんが「お節介野郎」と言っている吉原の初代惣名主庄司甚内を、平賀源内と言い間違えている古今亭志ん生の録音が残されているが、間違は間違として、いかにも志ん生と納得させてしまうあたりが妙である。それにしても原稿用紙にしてわずか一枚半の分量で、ある時代の吉原の風景を、その歴史も交えながら過不足なく伝えてみせる柳家小せんの演出力には卓抜なものがある。

この「吉原概論」をまくしたてた威勢のいい職人だが、まくしたてる前はと言えば、待てど暮せどやって来ない花魁にいらいらしながら、

> オヤ、足音は何処へ行つちまつたんだい、其の儘立消えは心細いぜ、オヤ〳〵、今度は又階段を早足にトン〳〵、トン〳〵、トン〳〵向ふの部屋だ。廊下バタ〳〵胸ドキ〳〵、三度の神は正直といふ、今度は上草履を引摺りながらバタ〳〵やつて来たな、待てよ、此奴は起きて居るてえ奴も宜いやうで悪いねえ、考へもんだ

などとひとりごちていたのである。ところがこのくだり、幕末期の儒学者寺門静軒の名著『江戸繁昌記』（東洋文庫）は「吉原」の項に記されている、

乍ち聞く長廊上履の声、遠々恐然として漸く近し。意ふに敵娼来り到ると。急に衾を蒙ふて睡を粧ふ。何ぞ意はん足音の之を隣房に失はんとは。

といった、嫖客の無聊をかこつさまの、まこと巧みなアレンジなのである。失明以前は無類の読書家で、江戸文藝や漢籍にも通じていたと言われる小せんだけに、『江戸繁昌記』にもオリジナルの狂体漢文で接していたことは想像に難くなく、あの時代の落語家の教養を思わせる。

売春防止法の施行される以前の遊廓の俗称赤線の「線」を「戦」にひっかけて、「線中・線後」なんて世代の分け方がひと頃流行ったが、その線中世代の落語家で吉原を知らないなんて輩は、大きな顔ができなかった。その伝で、大きな顔をした幾多の落語家のなかで林家照蔵時代の五代目春風亭柳朝の右に出る者はなかった。

なにしろ照蔵が居なかったら吉原を捜せと言われたくらいのもので、二ツ目の分際でありながら流連して、吉原から楽屋入りなど毎度のことだった。素足に履いた雪駄の浴衣姿で妓楼の前に立ち、

「湯、行ってくるぜ」

と声をかけると、二階の窓から、

「あいよッ」

と、敵娼の抛るシャボン箱と湯銭を手拭でひっくるめたのを「ひょいッ」と受けとめ、駒形茂兵衛

を気取ってみせた。

桂米朝が東京の放送局に招かれ上京した際、林家照蔵に相談を持ちかけた。大阪の遊廓には東京のように廻しの制度がないので、これを機会に廻しを体験したいというのだ。『花柳風俗語辞典』に、「一人の遊女が二人以上の客を順番に回って取ること」とある、『五人廻し』でお馴染の、あの廻しだ。相談された照蔵が言ってくれたものである。

「米朝さん、廻しは最低の遊びなの。だけど、さんざいい遊びをし尽した者が、たまには廻し部屋の悲哀を味わってみたいと望んでする、精神的な贅沢三昧な遊びでもあるわけ。だから廻しだからってうんと安いと思ったら大間違いだよ」

かくして米朝から大枚まきあげた照蔵は、車を吉原馴染の妓楼に乗りつけると、米朝を廻し部屋に送りこみ、自分は本部屋におさまってみせた。

「えらい目にあいましたわ」

後年の桂米朝の苦笑まじりの述懐である。

教育勅語と後家殺し

（「望星」二〇一五年三月号）

偉人伝というのは、いまどきあまり流行らない。私たちの子供時代には、子供むきの偉人伝にあふれていたものだが、いまはどうなのだろう。リンカーン、エジソン、アインシュタイン、ナイチンゲール、野口英世、エトセトラ、エトセトラ……。

当節の偉人伝はさしずめ評伝ということになるのだろうが、評伝の評は批評の評だから、ことの善悪、可否を、ある時は批判的に論じなければならない。偉人といえども評伝として取りあげられた場合、その功績を讃えるだけではなしに、内包されたマイナス要因をも指摘されなければならないし、大方の読者の興味はむしろそのマイナス要因のほうに、より強く寄せられる。

さて、三遊亭圓朝と桂春團治である。

ふたりともに、この国に固有の藝である落語の歴史上に傑出した人物でありながら、その存在感はきわめて対照的である。

まず、生きた時代と場所。

三十歳で明治の変革を体験した三遊亭圓朝・本名出淵（いずぶち）次郎吉（一八三九〜一九〇〇）は、頽廃の支配した幕末期の江戸と、富国強兵を旗印に近代国家建設に急な明治の東京と、価値観の異なる二つの時代を生かされた。

一方、明治・大正・昭和の三代を生きた桂春團治・本名皮田（後に岩井）藤吉（一八七八〜一九三四）は、生まれ育った大阪の地を、ほとんど離れようとしなかった。

一九四五年八月十五日、連合国軍に対し無条件降伏した敗戦のかたちで終結した太平洋戦争以前のこの国にあって、江戸の伝統をふまえた東京と、徳川以来武士階級の影響を受けることなく商都として発展した大阪は、まったく異なった風俗、習慣に根づいた、それぞれに固有の文化を存在させていた事実を、私たちはついつい忘れてしまいがちである。三遊亭圓朝も、桂春團治も、まったくと言っていい異なった文化圏で、その生涯を送っているのを、まず確認しておかないことには、ふたりの藝人を単に落語家という同一のカテゴリーにくくって評価してしまう誤謬を犯すことになる。

世に謂う落語家のなかで、その生涯や事績について圓朝、春團治のふたりくらい、いろいろに語られた例もないので、なおさらである。

三遊亭圓朝に関しては、永井啓夫『三遊亭圓朝』（青蛙房）、新田直『夢幻と狂死　三遊亭圓朝を求めて』（現代思潮新社）のような評伝、研究、考証ばかりでなく、正岡容、小島政二郎、長部日出雄などの小説やエッセイ、安藤鶴夫、福田善之、吉永仁郎によるいずれも上演された戯曲や興津要の児童むきの読物、さらに山田風太郎や辻原登の小説のように作中に圓朝の登場するものまで数え出したら際限がない。これらの文章のほとんどに、なんらかの影響を与えている著作として無視することのできないのが、朗月散史編『三遊亭圓朝子の傳』である。

『三遊亭圓朝子の傳』は、圓朝五十歳の全盛期の口述によるもので、一八八九年（明治二十二）に三友舎から刊行され、一九二六年（昭和元）から二八年にかけて春陽堂が刊行した『圓朝全集』全十三巻、及び一九七五年角川書店刊の『三遊亭円朝全集』全七巻の巻末資料として再録されているほか、筑摩書房刊の『明治文學全集』第十巻『三遊亭圓朝集』にも抄録されている。編者の朗月散史は、「やまと新聞」にながく在籍していた水澤敬次郎で、刊行時の三友舎の編輯者だった。

口演速記の集成ならいざしらず、自作自演の創作作品が十巻をこえる全集に収録されている落語家は、その史上三遊亭圓朝の他にいない。しかもその作品は、言文一致体文学の嚆矢として、明治開化期文学を代表する存在となっている。圓朝がそうした創作活動を手がけるきっかけが、師である二代目三遊亭圓生の厭がらせであったことはよく知られている。

背景に道具をかざり、鳴物入りで演じる芝居噺で人気を博していた三遊亭圓朝は、一八五九年（安政六）、下谷御数寄屋町の寄席吹ぬきに真打の看板をあげたのだが、師である三遊亭圓生に助演を乞うた。ところが圓生は、圓朝があらかじめ道具を用意して口演しようと思っていたはなしをひと足先に演じてしまったのである。しかもこれが連夜に及んだ。

『三遊亭圓朝子の傳』は、これを、

是れこそは師圓生が我をして励まさんとの心より態（わざ）と計（はか）られしものなるべしと、図らず心附き

しにぞ、師恩の辱なきを謝しつゝ、此の上は師匠の未だ知らざる話を、我力の及ぶだけ自ら作り、客足をば引くに如かず

と決意したように記している。

かくして日本の近代文学史にも記録され、劇化、映像化により大衆に膾炙するところとなった『牡丹燈籠』『真景累ヶ淵』『塩原多助一代記』『文七元結』『業平文治』などなどの誕生となるのだ。

前に書いたが、『三遊亭圓朝子の傳』は、圓朝が功なり名遂げた五十歳時の口述によるもので、どうしても己れ自身を飾ることに傾いている。小心、狭量、狷介につきた師の行動を非難するより、恩愛に転化することで、度量豊かな大人物として斯界に君臨、確乎たる地位を築くための礎としたのである。

伝えられる圓朝の生涯が、当時の藝人社会特有の、奔放で不羈無頼な暮しを戒め、山岡鐵舟の影響から参禅に励むといった、すこぶる求道的であったことが、近代落語の祖として、歿後一世紀を優にこえたいまなお、「大師匠」の称号を落語家が与えているいちばんの拠り所と言っていい。

価値観の異なった二つの時代を生きた圓朝が、「緋の襦袢頃」と呼ばれたその前半生を、岡本綺堂の記す「赤い襦袢の袖などをひらつかせて娘子供の人気を博し、かなりに気障な藝人」として過ごし満都の人気を一身にあつめた事実には、その後半生を俯瞰させるものがまるでない。

その圓朝の後半生だが、参禅を通じて知りあった山岡鐵舟を介した明治新政府の要人との交誼に、

そのほとんどが費やされている。家庭的には、酒におぼれた不肖の息子朝太郎を廃嫡し、吝嗇でこれまた酒好きな妻お幸は弟子との疎通を欠くなど、決して恵まれたものではなかった。自身の社会的地位をあげるのに、新時代を担う貴顕紳士との交遊は、家庭の不幸を補ってあまりあるものがあったはずである。

三遊亭圓朝が、その後半生に積極的に近づいていった井上馨、山縣有朋、三島通庸、澁澤榮一、益田孝などなど、明治という新時代建設に直接携わった政財界の大立者たちの多くは薩長出身者を典型とする、江戸っ子の悪態語をもってすれば「田舎っぺの成りあがり」であった。それだけに彼ら大立者にとって、圓朝が生まれながらに身につけていた洗練された江戸趣味は、大きな泣きどころでもあったのだ。そのあたりの事情を先刻承知していた圓朝は、自ら「藝人風情」とへりくだることで、彼ら大立者に優越感をいだかせながら、都会文化的趣味嗜好を身につけさせるための教師役をつとめていたのだ。

大作という言葉をあてるなら、三遊亭圓朝畢生のものとなる『塩原多助一代記』は当初怪談噺として着想されている。結果は、武家、町人、百姓、無頼の徒など多彩な登場人物を配して、善悪二道に展開される人情噺体裁をとってはいるが、上州沼田の下新田から六百文の銭を手に江戸に出た塩原多助が、艱難辛苦して勤労と貯蓄に励み一代で産をなす、明治という新時代にふさわしい立身出世のサクセスストーリーなのである。

戦前の学校教育の基本方針となった「教育ニ関スル勅語」は一八九〇年(明治二十三)に発布され、家族国家観に立脚した忠君愛国を核に儒教的徳目が説かれている。そうした道徳教育の具体的事例の教科目だった修身の教科書には、「性格ノ寛美ニシテ、國民ノ模範タルベキ人物」として、神武天皇、二宮尊徳、毛利元就、蒲生氏郷、熊澤蕃山、森蘭丸とともに塩原多助が取りあげられている。貯蓄倹約思想の実践で、教育勅語にいう「朋友相信シ恭儉己レヲ持シ博愛衆ニ及ホシ」の具体的な事例として、塩原多助が修身教科書に採用された事実は、その後半生を世の人びとの指針となるべく、明治新政府の国策に寄りそいながら過ごした三遊亭圓朝にとって、誇りを満足させる勲章に価した。

新時代にふさわしい文化人として、落語の社会的地位向上に貢献したという、後世の三遊亭圓朝に対する大方の評価だが、社会的地位という観点は、圓朝と交誼の深かった新政府の要人たちと同列に位置していたかの印象を与えたに過ぎない。彼ら貴顕紳士にとっての圓朝は、あくまで贔屓の一藝人にすぎず、圓朝の地位の高さは、落語家社会、それも江戸から東京という新都市に限定されてのものだった。

ほんらい二代目のはずなのに、その破天荒な実績から世間が初代と遇した大阪の生んだ不世出の落語家桂春團治の生涯も、多くの評伝、小説、読物、戯曲となって、映画、舞台、テレビによって世間に紹介されている。広範囲から認識されている点では三遊亭圓朝に匹敵するものがあるが、それの娯楽性を帯びている度合いにおいては、はるかに圓朝をしのいでいる。

春團治の生涯を描いた小説、読物で代表的なものとされている、花月亭九里丸編『すかたん名物男』(杉本書店)や、井上友一郎『あかんたれ一代　春団治無法録』(新国民出版社)など、その題名だけでこの落語家がいかに異色で破格だったかよくわかる。「すかたん」とか「あかんたれ」という大阪言葉の意味するところに、一途、真摯、懸命な態度や姿勢を匂わすものは微塵もない。『小説　桂春団治』（角川書店）と、題名だけは一見本格派を思わせる長谷川幸延作品も、その内容は漫談家花月亭九里丸によるところが多く、無頼につきる伝説化された人物像が描かれている点では変わるところがない。

　多分に面白おかしく恣意的な粉飾のほどこされた感のある春團治の生涯の描かれた、これらの著作が出つくした後の一九六七年に、河出書房から上梓された富士正晴『桂春団治』の「あとがき」で著者は、「ウソのエピソードがいくらでも混入されている」先行作に「警戒の念を覚えた」と記している。つまり富士正晴『桂春団治』は、評伝として不正確なエピソードを極力排除する方針で書かれているのだが、それでも春團治という藝人の生き方が、群を抜いて奔放につきていたことは否定のしようがない。

　染革職の家に生まれ、小学校にも満足に通うことなく十七歳で落語家になった桂春團治だが、わずかに平仮名をひろい読みする程度で、「ます」を「〼」と書いた程度の学力の持主にとって、落語家は格好な職業だったと言えるかもしれない。

　前座時代から手のつけられない悪さで師匠連中を悩ませたと言われる春團治だったが、藝の世界の面白いところは、そうした楽屋内のしつけや、ふだんの暮しの面で批判されるような素行の持主であっても、それが自分の藝に影響がなければ問題にされないのが、この世界独特のならいだった。春團治は、大阪の風土に根づいたナンセンスな笑いを創造することで爆笑王の名をほしいままにしたのだが、一方で伝えられる自身の横紙やぶりの行動をも売物にして、その人気の裏付けとしたのだ。

藝人の時代というのが存在したと仮定して、桂春團治はその藝人の時代をなりふりかまわず駆け抜けて行ったように思う。このあたり言葉の足りぬのをおそれながら書いているのだが、桂春團治の時代、藝人は世間一般からやはり差別されていたように思う。

だが、彼ら藝人はそれを逆手にとって、自らの閉鎖社会を形成することで、独自の存在を訴えつづけた。つまり藝人たちで構成される世界にあっては、一般市民の要求する道徳律や倫理観を無視した、奔放無頼な生き方がある程度許容されていた。一般社会にあっては禁忌とされていることも藝人は見過ごしてもらえる特権を最大限に活用してきた。良識ある市民からは非難されてしかるべきことも、「あいつらは藝人だからしかたない」と容認されてきたのをとっこに取って、自由気儘身勝手に生きることを藝をみがくエネルギーに転化するという、独自のテクニックを身につけてきたのだ。

京都で花札博奕の開帳中警官に踏みこまれ、二階から逃げそこね足首を捻挫したり、売出中の後輩をねたみ、その人力車を襲ったら別の落語家だったり、看板の順が気にいらぬと寄席の出演をすっぽかすなど、伝えられる春團治のスキャンダルまみれの素行のなかでも、世間的関心を呼んだ最大のものが、道修町の医療品問屋・岩井松商店の未亡人で春團治より九歳年上の岩井志うとの第二の結婚だろう。

藝人にとって女遊びは藝のこやしになると、黙認されていた時代だったし、財産のある家庭の婦人が藝人にいれあげるのも、よくあるはなしだった。ふとしたことで結びついた春團治と岩井志うの関係にしても、志うの財産抜きにしては考えられないものがある。

それにしても四十歳という分別ある年齢に達していた春團治が、妻子をかえりみないだけでは足りず、法的に離別してまで九歳年上の未亡人と入籍しなければならない事情があったのだろうか。富士正晴『桂春団治』は、岩井志うが「岩井の姓を皮田の姓より上のものだとし」分家に固執したように記しているが、この問題をあまり深く詮索するのは本意でない。ただ、「藝人は法律にふれることでなかったら、名を売るためには何でもせなあかん」とくり返し自分の弟子に語っていた春團治の、ときに法律を犯してまでとった「名を売る」ための行動は、己れの上昇志向の裏打ちの役割を果したのはたしかで、「後家殺し」の異名をとることとなった岩井志うとの第二の結婚も、その例外ではない。

春團治の残した「はなしか論語」というのがあって、なかの「借金はせなあかん」「自分の金でのむようでは藝人の恥」「女は泣かしなや」など、反道徳的、反社会的な生き方を世間に披瀝することで、桂春團治は自身の存在証明としたのだ。

春團治のこのような生き方は、常識人といわれる人間の目から見るなら、はなはだ滑稽なものにうつるはずだ。だがその滑稽さのなかに、彼ら常識人がひそかにいだいている願望が見えかくれしているのもたしかなので、個や自我だのを極端にまで希求した結果あぶり出される人間的な真実がある。

三遊亭圓朝が、建設途上の近代国家の首都で、要人たちの贔屓を受けながら後半生を過ごしたのに対し、桂春團治は、徳川三百年以来権力機構の影響を受けることなく発展した商都大阪にあって、爆笑王を冠に稀代の人気者として生涯を送った。

藝の伝承、落語の場合

（岩波書店編集部編『これからどうする』二〇一三年）

ラジオで落語という藝を知って七十年になる。落語の会をプロデュースしたり、批評や評論を書くことで、落語という藝の伝承方法や、落語家という職業人の生活環境を把握してから、五十年をこしている。五十年たってみて、落語そのものの置かれた状況が、ほとんど変っていないことに、驚かされている。私たちの暮しをとりまく環境、風俗、様式、習慣などのもろもろが、地球的な規模で変容を迫られたこの五十年間に、落語ばかりは旧態依然とした世界に、しっかりとその居場所を定め、動かないというよりも、動こうとしなかったように見えるのだ。

あらゆる舞台藝術を見渡して、演者ひとり、客ひとりいれば成立する藝といったら、落語と講談しかない。言ってみればパーソナルにつきる藝なのだ。この際講談はさて置くとして、落語だが、明治の三遊派・柳派いらい、百五十年になんなんとする時間を、落語家たちは、師弟関係に支えられた徒党、派閥の組織づくりに明け暮れてきた。

いまでも職業としての落語家を志すならば、誰か師匠に入門してその弟子にならなければならない。入門がかなえば、師匠の所属する協会傘下の落語家として認められ、前座・二ツ目・真打と階級を踏んでいく。つまり師匠を持たない限り、どんなに上手に、聴く者に感動を与える落語を演ずることができたとしても、あくまで素人であって、落語家と認められることはない。真打制度を採っていない大阪にあっても、この事情は変らない。

扇子一本、手拭一条あれば、いつ、どこでも演ずることのできる個人藝にたずさわる落語家が、組織の一員にならなければ仕事ができないのを、異常な事態と考えたひとはいないようだ。戦後しばらく、劇団に加入していないことには舞台に立てなかった新劇俳優だが、一九七〇年代に台頭した小劇場運動は、劇団という組織に拘束されることなく、自由な立場で活動する多くの俳優を輩出させた。アンサンブルが重視され、ひとつ舞台の創造に多数の人間の参加が要求される演劇の世界にあってなお、こうした現象が見られるのに、パーソナルな藝の担い手である落語家が、いまだ組織の一員たることを強いられているのは、不思議と言えば不思議なはなしだ。

パーソナルにつきる藝の落語が、「個」とは対極の「組織」という秩序に支えられた、師弟関係によって伝承されている事実は、一見して矛盾に充ちているように思われる。だが、現実に百五十年の歴史をしたたかに生き抜いてきた落語と相対してみたとき、矛盾に充ちているかに見えるこの制度に、意外なくらいの合理性が潜んでいることに気づくのだ。

いま百五十年の歴史と書いたが、近代国家の建設を急いだ明治新政府による富国強兵政策は、生産手段にかかわりを持たない人間を、無用の人、あるいは余計者として疎外してきた。文人墨客はもとより、藝術家、藝人も、こうした世間の目から逃がれることはできなかった。余計者たる落語家たちが、その身を寄せあうことで、自分たちの閉鎖社会を形成して生きてきたのも、彼らなりの知恵のもたらしたものだ。師弟関係の絆が、この閉鎖社会の存在価値を証明してきたと言っていい。

こうした、個人藝にたずさわる落語家が組織に依存することによって、その藝を伝承してきた仕組みだが、それを支えてきた興行場としての寄席の存在を無視するわけにはいかない。戦前の最盛期には、ひとつ町内に一軒あったと言われた寄席である。その時代、落語を聴くことは即ち寄席に出かけることであった。そして落語家も、その生活基盤を寄席に置いていたのだ。そんな時代にあっては、個に生きる落語家にとって矛盾するはずである組織に帰属して、寄席に出演することが、藝を伝承し、門人を育成していく方便の、理にかなった手段でもあったのだ。

さて、現状である。

かつて組織の構成員としての落語家を掌握することで、落語という藝の伝承、教育機関としての機能をも果してきた寄席が、崩壊の一途をたどっている。東京は国立演芸場を含めて五軒、大阪は興行会社直営のものを加えて二軒が、辛うじてその命脈を保っている有様だ。その寄席の楽屋から、作法やしきたりなど、落語家の教養を身につける場所としての機能も失われてしまった。出番もないのに日がな一日楽屋に居すわって、若い落語家たちの挙動に目を光らせる先輩格も見当らない。いまや楽屋は、落語家が高座着に着がえるための単なる支度部屋なのである。

五十年前と本質的には少しも変っていない現状を前にして、「これからどうなる」「何をなすべきか」について、語るべき一言もないのが悲しい。ただ、これは落語に限ったことではないが、閉鎖社会に身を置くことで発揮することのできた輝きが、まったく失なわれてしまった時代に、なお組織に固執することの意味は、真剣に問われていいだろう。

藝人に「世間的常識」を求めても

（「新潮45」二〇一七年三月号）

中村草田男が、

　降る雪や明治は遠くなりにけり

と詠んだのは、昭和六年だときいている。一九三一年だから八十六年前だ。

大帝の逝去があって、日本人が一種の集団ヒステリー状態に陥ったように伝えられている明治の終焉から、大正をはさみ十九年を経て、「遠くなり」の感慨が草田男に生まれたことになる。元号が平成になって、はや二十九年。「昭和は遠くなりにけり」と思いをはせる時間差は、草田男の明治のそれを優にしのいでいる。

天皇の生前退位と、元号の一世一元制が話題になっている昨今、実際に自分が生かされた昭和という時代が、すでに歴史のなかに埋没してしまった感にとらわれてならない。

その昭和に生きた藝人諸氏との交遊録、人物誌、はたまた追悼文などを書く機会が少なくないのだが、そのひとの送った人生を俯瞰してみたとき、藝人らしいというより、藝人ならばこそ許された生き方を包容してくれた昭和という時代に、いとおしさを覚えずにはいられない。

ところで私は、『新明解国語辞典』が、「芸能人。〔軽い、侮蔑を含意して用いられる〕」としている「藝人」に固執して、藝能人を用いない者だが、侮蔑を含意してるつもりは毛頭ない。むしろ藝能人という言葉に胡散臭さを感じて、できることなら文字に書きたくないのだ。

藝能人という言葉は昔はなかった。

日中戦争が泥沼化していた一九四〇年（昭和十五）十二月二十六日に、宰相近衛文麿の提唱した新体制運動に呼応して、藝能文化聯盟が発足している。

「演劇、映畫、演能及競技其他ノ藝能ノ醇化ヲ圖リ日本精神ノ昂揚ト健全ナル國民文化ノ進展ニ寄與シ以テ藝能報國ノ誠ヲ致スヲ目的」

として、

「國策ノ普及徹底ニ必要ナル事業」

を行うためのものであった。

情報局の肝煎りで、警視庁主導のもとに結成された、あらゆる藝能に携わる人たちを統合統轄したこの組織が、新たに生み出した言葉が「藝能人」なのである。それまでは概ね口語文脈で用いられていた「藝人」は、公式な文語文脈では「技藝者」とされていた。この時代、これがなければ藝能活動のできなかった警視庁の下す鑑札の名目も「技藝者之證」だった。藝能文化聯盟が結成されていらい、口語文脈においての呼称に藝能人が定着することになる。

『新明解国語辞典』が、藝人を「軽い、侮蔑を含意して用いられる」としているのは、藝能人なる言葉の既に一般的に用いられていることを前提に、その藝能人が藝人と呼ばれていた時代に大多数の人が抱いていた意識に基いたものと思われる。その大多数の人が抱いていた意識について、こういう大切なことを他人の文章を借りて説明するのは本意でないが、どう考えてもこれ以上にうまく表現するすべを持たないので、色川武大さんの文章を引用するのをお許し頂きたい。拙著『さらば、愛しき藝人たち』文春文庫版の「解説」の一節である。「現今はちょっとちがうが」としながら、

芸人というものがまだ特殊な世界というふうに、世間から見られていた。河原乞食、というのは大昔のことにしても、ま、たとえはわるいが、現今でいうと一般市民とやくざ衆のようにどこか一線がひかれていた。つまり、素人（客席に居る人間）と玄人（舞台で芸を売る人間）がはっきり分れていたのだ。

で、世間の戒律がそのまま通用しない。人殺しは困るが、その他のことなら、女をカイても、博打（モウトル）をしても、おおかたの不義理をしたって、

「あいつは芸人だから、しょうがねえや」

これは裏返していうと、差別されていたのだ。芸人は卑しい者、素人社会で守るべきセオリーも、あいつ等にはうるさくいえない、なぜって、あいつ等は芸人なんだから。

と言っているのだが、こうした思いはつい最近まで多くの人がいだいていたはずで、だからこそ

『新明解国語辞典』に見るような語釈が通用する。

明治の変革で誕生した薩・長主体の新政府が、富国強兵政策を推しすすめた結果、官僚、軍人、財閥、生産手段に直接携わる者以外の人間は、世のため、人のために役立たない余計な存在として、蔑視の対象となっていた。藝人などは、まさにその余計者の最たるものだった。

こうして一般社会から疎外され、いや応なしに負け犬的立場に置かれた藝人たちは、そのことをとっこに取って、自らを社会から逸脱させ、あえて奔放不羈に振舞いながら、負け犬は負け犬としての閉鎖社会を形成し、そこに逃避していった。そんな生き方を選択し、その閉鎖社会に居所を定めることが、いちばん楽な姿勢で生きられるひとつの方法であると同時に、ある意味で彼らの藝創造のエネルギーの根源となってきたのだ。

藝能文化聯盟によってつくられた、藝人にかわる藝能人なる新しい呼称は、体制から疎外されてきた藝人に、持てる藝を武器にして国につくす大義名分を与える称号の意味あいもあった。つまりそれまで差別されてきた藝人たちを、藝能人に昇格させることで、一般国民と同等に扱うから、世のため人のため、ということは国のためにつくせとの、支配者による無言の圧力である。

藝人が藝能人なる存在に昇格したかの錯覚によって、世間の藝人に対する差別意識が多少なりと和らいだのは、率直に言って悪いことであるわけがない。ただ、そのことによってこれまでのような、一般社会の要求する道徳律や倫理を無視し、無頼に生きることを可能にした藝人ならではの特権を放棄せざるを得なくなった。一般社会とは一線の劃された閉鎖社会にあって、治外法権とまでは言わないが、ふつう禁忌とされることも許される甘い基準のなかで、したたかにおのれの藝をみがくことが不可能になったのだ。

私が、その舞台だけでなく、素顔にふれることのできた藝人諸氏の大方は、自ら藝人と口にしていたが、その本音のほどは複雑だったような気がする。多分に自意識の強かった三遊亭圓生は、じつにしばしば、

「私は藝能人でも、藝術家でもありません。だって能はありませんし、術など用いませんから」

と口にしていたものだ。そう口にしながら、放送文化賞がほしく、芸術院会員になりたいと、その方面に運動してたのを知っている。

六〇年安保で世情が騒然としてた頃、新宿の靖国通りに面した松竹演芸場という地下劇場を根城に、劇団笑う仲間を率いて学生客の人気を一身に浴びていた石井均と、電話で小一時間やりあったことがある。彼は、私が藝人という言葉を使っているのを、藝人に対する差別意識が根にあるからだと執拗に言いはるのだ。ないがしろにできない問題であるし、藝能人という言葉の生まれたいきさつなども説明し、私の意図を訴えたのだがなかなか納得してもらえなかった。結局不得要領のまま電話を切ったのだが、不思議なくらい不愉快な思いがなかった。藝人という言葉を嫌った彼こそ、ほんとの藝人だったからだろう。

昨今の日本映画から、全盛を誇った時代独得の輝きが失なわれてしまった原因の第一は、撮影所が組織的に崩壊して、単なるスタジオと化してしまったことにある。メジャー各社が独自の撮影所を持ち、その撮影所単位で映画が製作されていた時代、大船、砧、太秦、調布などの撮影所から、それぞれ固有の色彩を発揮した作品が産み出されていたのは、そこに居場所を得たカツドウ屋を自

称する人種の同志的結合があったからだ。撮影所自体が所謂ムラ社会、つまりは閉鎖社会だったのだ。

一月二十一日、脳リンパ腫のため七十四歳で世を去った松方弘樹は、東映時代劇、やくざ映画で知られたが、その豪放な私生活も話題をよんだ。その死を伝えたマスコミ媒体のほとんどが、役者としての功績をさしおいて、一晩にウィスキーのボトル二本あけた酒豪ぶり、映画の完成打ちあげに一千万円使った金離れのよさ、プロ級と言われた趣味の釣りで三百六十一キロの巨大鮪を六時間半の格闘の末釣りあげたなど、派手な行動に加えて、二度の離婚、愛人の子を認知、といった女性関係を報じ、そのスケールの大きな人間像を伝えた。

一般社会にあっては秘匿するべき振舞いも、大っぴらにやってのけることの許された藝人にも、世間的な常識が求められ、逸脱のぐあいによっては制裁が加えられる昨今だ。健全な生き方を強いられるあまり、強烈な個性を発揮する藝人が少なくなっているなか、松方弘樹の生き方を伝える側に、密かなる憧憬の念がうかがわれるのを感じ、複雑な思いのわくのを禁じ得ない。

松方弘樹を最後の映画人と追悼する多くの仲間たちの談話にふれて、誰からも愛された人柄は、他人に迷惑をかけることの一切なかった事実を物語っている。なかでも畏友梅宮辰夫の「昭和という時代なればこそ存在し得た役者」の一言が、時代と藝人の関係を言い当てて妙なものがある。

藝人が河原者と差別され、閉鎖社会を形成していた時代、彼らはそのコンプレックスをすぐれた藝に転化させるすべにたけていた。その独自のテクニックが輝きを生んでいた。

藝人が閉鎖社会の壁を打ち破り、一般社会に同化して、自らの持てる藝を、世のため人のために役立てるのを覚えたのは、悪いことであるわけがない。ただそのことと引きかえに、あふれんばかりの輝きを生み出すエネルギーを失ってしまったのが惜しまれる。

いまや往時となった昭和は、良かれ悪しかれ藝人が藝人らしく生きることを許され、可能にした最後の時代ではなかったか。建前の上では、世間に恥じない生き方をしながらも、市民道徳を野暮なものと内心軽蔑し、自分で稼いだ金の範囲で、歯を喰いしばりながら、勝手気儘に振舞うことが可能だった。いまや歯を喰いしばることすら許されない。

『わろてんか』のモデル　吉本せいの実像

（「新潮45」二〇一七年十一月号）

いつ、誰が言い出したのか知らないが、「お笑い藝人」と呼ばれる輩が、我がもの顔して跋扈している。私は「芸」という字を用いず、正しく藝と書く者だが、彼、彼女らには藝の文字は似合わない。

お笑い藝人なる連中が、舞台やテレビのバラエティ番組などで臆面のなさを発揮することで、客や視聴者に安易な笑いを強要し、共感を得ようとつとめている姿を見ると、真底情けなくなってくる。そんなお笑い藝人の大半が、この国のお笑い産業を取り仕切る大企業と化している吉本興業株式会社の専属タレントだと言われている。この会社の発足が、一九一二年（明治四十五）、倒産した荒物商の道楽息子吉本吉兵衛（泰三）と、米穀商の娘から嫁いだせいの夫婦が、大阪天満宮裏の第二文藝館なる端席の経営に乗り出したのがきっかけであることなど、いま吉本傘下で傍若無人に振舞っているお笑い藝人には、もはやかかわりないことだ。

吉本興業の創始者と言うか、創始者夫人と言うかはともかく、NHK連続テレビ小説『わろてんか』の主人公は、吉本せいがモデルとされている。

私が初めて「ヨシモト」という名を耳にしたのは、私立の中学に入学した年だから一九四七年のことだ。入学するとすぐに悪友と連れだって、放課後肩鞄をさげたまま、銀座、新宿、渋谷、ときに浅草と盛り場をぶらつくことを覚えた。そんな彷徨先は、通学定期券の使える新宿がいちばん多かった。都電が通っていたその頃の新宿通りの歩道には、夜になるとアセチレンガスの灯りをともす露店がぎっしりと並んでいた。「光は新宿より」というキャッチフレーズで、その露店を仕切っていたのは尾津喜之助を親分に戴く関東尾津組で、半袖姿に軍靴を履いた露店商が「間違いましたら御免なさい」とくり返しながら「手前関東の生まれ……」などと仁義を切っているのを見かけたりしたものだ。バラック建てだった紀伊國屋書店の前あたりの露店で、干支別の生まれ月で選ぶ御籤めいた易の紙片を売っていた、何某易断を名乗る露店商の口上が、ブギの女王として名をはせていた笠置シヅ子の運勢にふれ、「ヨシモトのばか息子の子を産んで……」と、浪花節よろしきダミ声はりあげていたのである。

なにしろ笠置シヅ子のブギウギ人気が席捲していた頃だけに、彼女に子供がいることもふくめて、ヨシモトという名が中学生にも強く印象づけられた。なんとなく興行関係の組織の名だろうと受けとめていたが、なにかの映画の出演者名で花菱アチャコの傍に小さく括弧して「吉本」と記されているのにふれて納得がいったのを覚えている。

吉本せいの評伝を書くため取材を始めたのは、中央公論社から『女興行師吉本せい　浪花演藝史譚』が刊行された一九八七年よりかなり前で、一九七四年には彼女の戸籍を求めに兵庫県明石市役所まで出かけている。当時はべつに評伝を書いたり、調査研究という目的がなくても、自由に他人の戸籍を閲覧したり、複写することができたのだが、吉本せいのばあいは一筋縄でいかなかった。

戸籍探索を明石市役所から始めたのは、吉本せいを明石出身と伝える文献が多かったからだ。実際は明石出身の大阪天神橋筋の米穀商林豊次郎の三女として、一八八九年（明治二十二）、大阪で生まれている。林豊次郎は、三女せいら十二人の子を得ているが、三男の正之助、四男の勝（のちの弘高）のふたりが後年せいの片腕として吉本興業を牽引していく。せいの実家になる豊次郎を戸主とする林家も、せいが一九一〇年（明治四十三）に入籍した吉本家も、なぜか大阪市内で転籍をくりかえす。無論、筆頭者の隠居による家督相続や、分家、婚姻のような転籍にそれなりの意味を持つばあいもあるが、単に本籍地を移動あるいは往復するといった、明確にその理由をはかりかねるようなケースがきわめて多いのである。大阪市内の区役所をたらい廻しよろしくめぐり歩いたのを思い出す。

転籍ばかりではない。林、吉本の両家の人びとには、改名が少なくない。戸籍上の本名とは別の通称を用いることは、けっして珍しいことではなかったはずだが、戸籍名まで変えるにはなにかと煩雑な手続きを要するもので、そんな面倒をおかしてまで、この一族が改名に固執した理由はいったい何だったのだろう。せいの嫁いだ吉本吉兵衛の吉兵衛は、商家吉本家の当主代代が襲名するものだが、吉兵衛の履歴や業績を伝えるほとんどすべての文献が、吉兵衛ではなく通称の泰三と記している。また、せいの実家林家の四男で後年兄正之助とともにせいを助け、東京での吉本を仕切っていた弘高も、勝を法的措置をとって改名したものだ。吉本せいが溺愛し、仕事の後継者と目していた二男穎右（えいすけ）は、せいの意にそまぬ笠置シヅ子との恋にはしり、二十三歳の若い生命を散らしている。この頴右も一九二三年（大正十二）に誕生のときは泰典と名づけられていた。一九四三年（昭和十八）に、それまで通称として用いられていた頴右を戸籍上の本名にしている。

母の血をひいてか、せいも多くの子を得ている。一九二四年（大正十三）に夫吉兵衛を失い三十四歳で未亡人となったせいは、実質十七年の結婚生活で八人の子を得ているが、うち五人を失っている。八人というのは戸籍に記載されている数で、せい自身の口から十人の子を得たときいているひともいるので、このほかにも流産、死産のたぐいがあったかもしれない。

意味不明な転籍をくりかえし、改名、通称のすこぶる多い家系に育ち、自身八人の子を得ながら五人を失い、成長をみた唯一の男児には精神的に裏切られたうえ若くして先立たれている。

吉本せいの取材のためしばしば関西を訪れていた頃、吉本せいを直接知る人がかなり多く現存していて、はなしをきくことができた。そうした人たちが口をそろえて指摘したのが、「無類のさびしがりやで、やきもちやき」という性格だった。訪れた人が席を立とうとすると、

「もう帰るんか、まだええやんか」

と引きとめたという。嫉妬ぶかかったのは未亡人生活が長かったことと、夫の死は新町の妾宅で、それも同衾中の発作からという噂が流布されていたことによるとも言われている。

吉本せいの生涯には、つねに家庭的不幸のかげがあり、彼女の孤独をはぐくんでいったように思う。

吉本せいの夫吉兵衛は、無能な道楽者で、演藝界の雄として君臨する吉本興業のこんにちをあらしめたのは、もっぱらせいの才覚とはたらきによるものというのが定説になっている。だがこの定

説は、夫吉兵衛の死後、せい自身が周囲に語ったところによるもので、事実吉兵衛の逝った一九二四年には演藝王国吉本の基礎は確立されていた。ときに修羅場と化した世界を渡り歩き、吉本王国を築いた功績は、吉兵衛のものと言っていい。なにかと夫に苦労させられたせいとしては、夫の功績を横取りすることで、無念をはらしたのだ。

夫の死後、吉本せいの片腕として、吉本発展につくしたのは、実弟の林正之助と弘高だった。もともと家内工業的な規模でなされていた寄席経営だが、傘下の寄席や大勢の藝人をかかえた娯楽産業としての体裁がととのってきたときになお、重要な部分を他人まかせにすることなく、身内の血縁にゆだねたのである。家庭的に恵まれない境遇に育った吉本せいにとって、血縁は強力な武器であった。

おなじ血を分けた兄弟でありながら、正之助と弘高は、性格的にかなりのちがいをもっていた。その性格のちがいを、せいはたくみに利用した。なにごとも強引にはこびたがり、がさつなところがあり、藝人に対して強圧的な態度をとりがちな正之助に対し、苦労知らずに育った坊っちゃんタイプの弘高は、文学青年で人づきあいも滅法よかった。こんな弘高に躊躇することなく東京の仕事を与えたせいの決断は、血縁者として、女としての鋭い勘によるものだった。

兄正之助のそばに置いたのでは、弘高の才能は発揮されないばかりか、いくら血を分けた兄弟とはいえ、いずれ衝突するのが目に見えていた。衝突した骨肉の争いは、泥沼にはまりこみ収拾がつかなくなるおそれがあった。ふたりの兄弟をたくみに使い分けた吉本せいを二頭立の馬車をあやつる馭者に見たてたひとがいる。そしてせいは、二頭の馬、つまりは正之助、弘高兄弟の奮闘で得た多大な成果も、すべて自分の手柄にしてしまったのだ。

吉本せいは夫吉兵衛の死後、傘下の寄席を十九軒もふやし、浪花の爆笑王桂春團治を専属にかかえ、漫才という新しい演藝を創り出した。まだまだ女性の社会的地位は低く、とくに経済界、商業界にあっては、女の身ひとつで財をなした例などまったくない時代である。まして未亡人というなにかと弱い立場にありながら、男まさりの経営手腕を発揮したのだから、世間が彼女を「女今太閤」と呼んだのもうなずける。

せい自身「女」である立場を目一杯利用してみせたところもあるようだ。ひとを使うことのうまかった彼女は、他人の手柄を自分のものにしてみせたことを含めて、自分自身をもプロデュースし、演出してみせたので、そうしたことには天才的な、すぐれた感覚を有していたかに見える。世間の口にする、「女だてらに」と「女ならでは」は、吉本せいの両腕のようなものだった。

いまでこそレジャー産業なんて言葉もあって、この世界にははなやかな風が吹き、それに携わる人びともちょっとしたエリートの気味もあるが、吉本せいの時代はとてもそんなものじゃなかった。あり余る財をなし、女今太閤とあがめられても、吉本せいの手にできないものがあった。社会的地位というやつだ。

いくら京阪神の寄席を手中におさめ、東京にまで手をのばしたところで、それは寄席演藝界というきわめて狭い業界のなかだけでの評価だった。所詮は、いうところの興行師が女の身でありながらたまたま成功したにすぎなかったので、世間の目は、いわゆる水商売と同列の虚業としか見てくれなかった。虚業でいくら産をなしても、社会的地位からは無視された。社会的地位——言ってみれば名誉と権威だが、これぱっかしは金で手に入れることはできない。

吉本せいは一九二八年（昭和三）に「勅定紺綬褒章」を、一九三四年（昭和九）の紀元節つまり二月十一日には大阪府から「褒状」を受けている。「褒状」には、「常ニ公共慈善ノ至情ヲ盡セリ」なる一節がある。

功成り名遂げてからの吉本せいは、各方面に多額の寄附をしている。日本赤十字社、愛国婦人会などの団体に対してばかりでなく、満洲駐屯軍や国内の養老院の慰問に藝人を送りこんだり、各地に無縁仏の碑石を建立するなどしていた。「必要なものには惜し気もなく金を投ずるが、無駄なものには一銭たりとも払わない」式の、いわゆる大阪商法に徹していた感のある吉本せいが、経済的に多少の余裕ができたとき、こうした方面に気前よく寄附していたのにはわけがある。ほしくても、自分のはたらきだけでは手にすることのできない社会的地位と名誉を、金を投ずることで手にしてみせたのだ。「公共慈善ノ至情ヲ盡」したのは、そのためだった。

金のちからによって、社会的地位と名誉を得た吉本せいが、不名誉なスキャンダルに見舞われる。一九九二年に出た、吉本興業株式会社の唯一の公式社史である『吉本八十年の歩み』には、このスキャンダルに関しての記述が一行もない。

大阪府議会議長で、いわゆる名誉職だけでも五十三を数え、世話好き、遊び好きで知られ、南地花柳界では相当にならした辻阪信次郎と吉本せいの交際が、いつ頃から始まったものかは定かでない。三十四歳で夫吉兵衛に先立たれ未亡人となったせいが、血を分けた実弟以外にちからのある男をたよりたい気持をいだくのは無理からぬところだ。自分も社会的地位がほしいと願っていたせいにとっても、辻阪信次郎はなによりもたより甲斐のある存在であったことは想像に難くない。その辻阪が大きくつまずくのだ。一蓮托生で吉本も深い傷を負うことになる。

一九三五年（昭和十）十一月三日に大阪地方検事局が、大阪南地一帯の花柳界、興行界、富豪、名士たちの税務を一手に引き受けていた某を強制収容したのを発端に、勾引された者が相当広範囲に及んだが、ついに十一月十六日に辻阪と吉本せいにまで、捜査の手がのびたのである。

この日、大阪地方検事局及び大阪府警刑事課は、多数の捜査員を三台の車に分乗させ、南区畳屋町の辻阪信次郎宅から当人を召喚する一方、南区東清水町の吉本興業の本社の家宅捜索を行った。辻阪は大阪府所得税審査委員会会長として、所得税、営業収益税などの税額査定に絶大なちからを持っており、南税務署管内の税額査定の大御所的存在だった。なんといっても大阪府政の大立者のところに司直の手がのびたのだから、大袈裟でなく大阪中がわきたった。時を同じくして吉本興業本社が家宅捜索を受けたのは、吉本せいと辻阪信次郎の個人的な交際関係によって、興行税、その他の税務関係に手心が加えられたと推測されたからだ。

吉本せいが召喚されたのは十一月十六日の午後六時というから、本社が捜索を受けた日の夕刻で、せいはラクダの襟巻に顔をうずめ自家用車で出頭したが、辻阪同様にその日のうちに船場署に逮捕収監されている。

派手な交遊関係を誇っていた辻阪信次郎だけに、捜査の手は吉本に限らずほかの興行会社、花柳界、カフェ事業などに波及、南地五花街きっての料亭大和屋主人阪口祐三郎はじめ新町、堀江、今里新地の関係者、さらに松竹興行株式会社取締役会長白井松次郎や新興キネマ取締役福井福三郎にまで手がのび、大阪府史上記録的な大疑獄事件の様相を呈した。

広範囲で、しかも多人数が関連しているとあって、事件の究明には思いがけない時間がかかった。事件発生二ヶ月を経た時点で、辻阪信次郎をふくめ四十三名が未決監でその年をこすことになる。各界の名士とあって、優秀な弁護士がついていたにもかかわらず保釈が認められなかった。そんななか、吉本せいだけは病身を理由に例外的な保釈が認められ、ただちに大口の寄附先だった大阪日本赤十字病院に入院している。慈善事業に多額の寄附をしてきたことが、自分の身をたすけたわけで、まさに免罪符の役割を果してくれたのだ。いらい大阪日本赤十字病院の特別病室は、吉本せいの別宅の趣きを呈することになる。

事件は意外な結末をむかえる。辻阪信次郎が収監されていた大阪北区刑務支所で、縊死してしまったのである。一九三六年（昭和十一）と年があらたまった一月二十三日のことだった。独房の南窓の金網に、麻のハンカチ二枚をつなぎあわせた紐をくくりつけ首を吊ったのだ。

事件の中心人物辻阪の自殺によって、捜査は頓挫する。吉本せいにかかわる脱税と贈賄について辻阪は一切口をとじたままだった。すべてうやむやなまま処理され、わずかに下級税吏や島之内警察署長あてに、二百五十円贈ったという本筋には遠い些細な瀆職が公判に付されただけで終った。辻阪信次郎は、文字通り生命をかけて吉本せいを守り、せいにとってはかくれ蓑以上の役割を果したことになる。

吉本せいの夫吉兵衛は、興行の世界にあってさけられない、やくざ、俠客との応対をあえてせいにまかせていたふしがある。この種の人たちが、かたぎ然とした女や老人に対してはけっして無理難題をふきかけたり、強硬手段に訴えることのないのを知っていた吉兵衛は、せいにまかせたほうが結局安くつくとふんだのだ。せい自身も、けっしてこの種のつきあいがきらいでなかったし、彼らとの関係は夫吉兵衛の死後も持ちつづけられ、なかでも神戸の山口組は吉本の院外団の趣きを呈していた。

一九四〇年（昭和十五）八月には、廣澤虎造の映画出演をめぐる暴力団どうしの抗争に、吉本が巻きこまれるのだ。

『清水次郎長伝』で人気絶頂の浪曲師二代目廣澤虎造は、浅草の浪花家なる藝能事務所がマネージメントしていたが、映画出演に関しては吉本興業がその事務一切を担当することになっていた。下関を地盤に漁業用の竹籠製造業を営む籠寅一家は、初代大江美智子を擁して興行の世界にも進出していた。この籠寅一家が廣澤虎造に日活映画の出演を依頼し、虎造も快諾してしまったのである。廣澤虎造の映画出演は吉本を通すという内規が無視されたわけで、これが籠寅の興行界進出をこころよく思ってなかった山口組を刺激する。山口組は虎造を日活撮影所に送らなかった。

浅草仁丹塔附近にあった浪花家の事務所を訪れ、二階で雑談していた山口組二代目親分山口登のところに、籠寅一家の者がなぐりこみをかけ、浅草松竹座近くの街頭で壮絶な白昼の斬りあいを演じ、籠寅、山口組、双方とも一人ずつの死者を出す。山口登は、このとき受けた傷がもとで一年後に死亡する。

吉本せいが六十年の生涯を閉じたのは、一九五〇年（昭和二十五）三月十四日のことで、溺愛した二男穎右が死んで三年近くたっていた。息子の裏切りと死が、自身の死をはやめたと言われる。

占領軍に手をまわして得た高価な新薬を惜し気もなく使い、金にあかして当時として最高の治療を受けたが、病には勝てなかった。

あらゆるものを金のちからで手に入れた吉本せいだが、家庭の幸福と自身の健康を買うことだけは果せなかった。

悲劇の千両役者 市川海老蔵

（「新潮45」二〇一七年八月号）

私が勝手に師ときめて畏敬してきた戸板康二は、一九九三年一月二十三日の朝急逝した。行年七十七。はやいもので歿後二十四年になる。「人物事典」風に師の肩書をいうなら、演劇評論家、小説家、エッセイストとなろうが、一九五九年下半期の第四十二回直木賞受賞作『團十郎切腹事件』をはじめ幾多のミステリで知られる小説家や、ベストセラーになった『ちょっといい話』の書き手たるエッセイストより、演劇評論家としての実績のほうが、世間的評価は断然高かった。

一九九一年六月、演劇出版社より刊行された『戸板康二劇評集』は、「盆狂言昼夜　昭和二十八年七月歌舞伎座」から「独立している『河庄』の花道　平成二年十一月歌舞伎座」まで、「四十年近い昔の舞台から、昨年のまで、計八十編」と「あとがき」にある、雑誌「演劇界」に掲載した劇評を収録したものだ。この『戸板康二劇評集』に、十一代目市川海老蔵の名は出てこない。

一九八五年五月歌舞伎座『外郎売』の貴甘坊で七代目市川新之助を名乗った海老蔵の舞台は、師も観ている。このとき海老蔵七歳。師は下咽頭癌手術で声帯を切除し、六十三年間馴染んできた「声」を失ってから六年が経ち、連日の劇場通いや好きな酒もむかし通り復活していた。それでいながら、二〇〇〇年歌舞伎座『源氏物語』の光君でチケットが完売する人気をあつめ、五代目尾上菊之助、二代目尾上辰之助（四代目松緑）とともに、「平成の三之助」ブームをおこした市川海老蔵を知ることなく、師はその七年前に世を去っている。

声を失うという一大痛恨事を体験したとはいえ、文字どおり多岐多彩な業績を残し、文人としてなにひとつ不足のない生涯を送った戸板康二だが、代表的肩書と言っていい演劇評論家としては、市川海老蔵の舞台にふれることなく逝かれたのが、唯一の不幸だったと考える。伝えきく十五代目市村羽左衛門、六代目尾上菊五郎はもとより、私たちもその至藝を目にすることのできた初代中村吉右衛門、初代市川猿翁、三代目市川壽海、三代目中村時蔵、十一代目市川團十郎、松本白鸚、二代目尾上松緑、十七代目中村勘三郎、八代目坂東三津五郎、二代目中村鴈治郎、十三代目片岡仁左衛門、六代目中村歌右衛門、七代目尾上梅幸、四代目中村雀右衛門、七代目中村芝翫、五代目中村富十郎たちの、誰ひとりとして持ち得なかった個性を、市川海老蔵はその身につけていた。まさに百年に一人現れるか否かという個性で、そういう個性を持った役者と同時代を生きることは、夏目漱石を気取れば「大變な仕合せ」なのである。

今から少し前に生まれれば海老蔵を観ることはできないし、少し遅れても同様なのだ。そんな仕合せを与えてくれる役者に、現役の演劇評論家として出会えなかったのだから、恵まれていた戸板康二にも不幸はあった。

先刻から述べている市川海老蔵の類いまれなる個性だが、恵まれた天賦の才に支えられていることは間違いない。ふつうの役者が、細かい糸目を縫いあげていくような真剣な稽古をつみ重ねて仕あげていく役づくりを、海老蔵は鋭い感覚を武器に一瞬に処理しているかにうつる。無論海老蔵とて、考えなしの場当りではなく、ほかの役者同様の稽古のつみ重ねの結果であるのにちがいないが、彼の凄さはそうした過程を観客にさとらせないところにある。なによりも演じてやろうという計算されたあざとさ、小ざかしさが微塵も見えてこないのだ。なにをどう演っても歌舞伎にしておおせてしまう魔力を、生まれながらに身につけているのだ。だから、時として明らかに誤謬を犯しているのがわかっても、その誤謬すら海老蔵固有の魅力にしてみせてしまう。これからも海老蔵以上の美貌と気品をそなえ、海老蔵以上に上手い役者は出てくるだろうが、海老蔵のような芝居のできる役者は出てこない。

　市川海老蔵が古今の名優の誰もが持ち得なかった個性を有していることで、新時代の歌舞伎を担うべき第一人者としての評価を、私人堀越寶世（たかとし）と、成田屋十一代目市川海老蔵の二面を同時に津津浦浦に知らしめるという現実は、急激かつ驚異的な発達を遂げているメディアの存在によることは言うまでもない。これはひとり市川海老蔵だけのことではない。歌舞伎そのものが、梨園と呼ばれる閉鎖社会のなかで、贔屓や好事家の根強い支持にまもられ、すぐれた藝を継承してきて、いわゆる玄人筋や見巧者のあいだで評価されてきた時代が、メディアの発達によって一瞬のうちに消えてしまった。

　二〇一〇年十一月に西麻布で引き起した騒動は、市川海老蔵という役者の魅力の根源であった妖しい危険さと幼児性が、私人堀越寶世にもそなわっていたことを、実際の海老蔵の舞台にふれたことのない多くの人びとにまで知らしめることになった。メディアが明るみに出すのは、スキャンダルばかりではない。以前は秘匿されることによって、一層幻影的な興味と関心を客に与えてきた役者の私生活までがさらけ出される。ばかりか、当の役者自身が発信することで宣伝効果をあげ、自らを丸はだかにしてしまう。

市川海老蔵の個人情報にしてもまさにそうだ。二〇〇四年五月歌舞伎座『暫』の鎌倉権五郎、六月歌舞伎座『助六由縁江戸桜』の花川戸助六で十一代目を襲名していらい、〇七年、楽屋の風呂場で転倒し右足に大怪我をしたため、大阪松竹座「七月大歌舞伎」を休演したこと。〇九年十一月、フリーキャスター小林麻央との交際が報じられ、年明け一月に婚約発表、七月に結婚披露したこと。そして一〇年十一月の西麻布での騒動から一一年新橋演舞場「七月大歌舞伎」で復帰するまで、出演を謹慎したこと。さらに一一年七月長女麗禾を、一三年三月長男勸玄を得るが、その間(一三年二月)に父十二代目市川團十郎を失ったこと。一五年に本名を堀越孝俊から堀越寶世と改名したこと。そして一六年六月、妻麻央が乳癌を患っていること。その多くがブログで告白されたこれらの事実が、いま市川海老蔵の舞台に拍手を送っている観客ばかりか、海老蔵の舞台に一度もふれる機会のなかった人たちにまで熟知されている。長い歌舞伎の歴史上、こんな時代はなかった。

歌舞伎役者の妻の役割は、夫が仕事に専心できる環境をつくることだが、それは一方で梨園という特別な社会と、観客やファンに代表される一般社会の人たちとのつなぎ役でもある。その妻が病に倒れたことが、歌舞伎役者の仕事に影響しないわけがない。

市川海老蔵の役者っぷりが急速にあがったのは、新之助時代の一九九九年三月歌舞伎座、泉鏡花『天守物語』の姫川図書之助あたりからだが、その評価を決定的にしたのは二〇〇〇年新春、新橋演舞場の『助六由縁江戸桜』の花川戸助六だった。初役で、その颯爽とした男っぷりを忘れかねている。

言うまでもなく『助六由縁江戸桜』は、歌舞伎十八番のひとつ、市川家のお家藝である。それだけに海老蔵は〇四年の襲名興行をはじめ、節目節目に演じてきた。花川戸助六は、曽我五郎時致が俠客に身をやつしているという設定なのだが、ある種江戸っ子の理想像を、海老蔵独自の奔放で、ときに規格外の大胆さを発揮しながら形象化してみせた。

そんな市川海老蔵の、奔放にすぎて、単純な技術的巧拙の判断を許さない、点滅している信号を無視して突っ走るような確信犯的な演技が、愛妻麻央が病に倒れていらい、持ち前の濃厚な色彩が多少とも薄められたように思われる。妻の麻央が、健気にありのままの病状と心境をブログにつづり、多くの人に感動を与え、昨年、英国ＢＢＣ放送の「世界の百人の女性」の一人に選ばれ、大きな社会的関心を呼んでいる事実を、海老蔵が意識して舞台をつとめているわけがない。舞台に立った瞬間から、その役の人物を形象化するべく集中し、頭のなかの雑念をふり払うのが歌舞伎役者ならではの神経というものだ。

しかし、そんな海老蔵の芝居を観ている客のほとんどすべてが麻央の病状を知っている。妻を病床に残して、舞台をつとめなければならない苦悩をかかえた役者として海老蔵を観ている。そんな観客の視線にさらされながらつとめる舞台が、間違ったことはしてはならないとの思いが先ばしり、決められた枠からはみ出すことはせず安全運転につとめようという気持がはたらくであろうことは、想像に難くない。

べつにそんな思いをいだきながら舞台にふれていたわけではないのだが、今年の歌舞伎座「三月大歌舞伎」での『助六由縁江戸桜』での市川海老蔵の助六は、欠陥を見つけることのむずかしい、優等生的演技に終始した。あの新橋演舞場の初役と較べれば、演技的には格段に進歩していると言えるだろう。だが、初役で見せた身勝手につきる、いま風に言う「やんちゃ」な幼児性と、どこか危な気にうつりながら颯爽たる格好よさに転じさせた若さが、失われたのは否めない。妻の病気という現実にかかわりなく「三月大歌舞伎」で演じた助六から、市川海老蔵の役者としての成長を見出すべきだし、事実成長しているのだが、初役のときの妖しい魅力の失われた原因が気にならないと言ったら嘘になる。

闘病中の海老蔵夫人麻央が、

〈ここ数日、絞ったオレンジジュースを毎朝飲んでいます。正確には、自分では絞る力がないので、母が起きてきて、絞ってくれるのを心待ちにしています。（中略）朝から笑顔になれます。皆様にも、今日笑顔になれることがありますように。〉

のブログを残して、三十四年の短かすぎる一期を終え旅立ったのは六月二十二日夜だが、息を引きとるとき海老蔵に「愛してる」と言ったそうだ。死の翌日、渋谷Bunkamuraシアターコクーンで上演中の自主公演『ＡＢＫＡＩ』のマチネとソワレのあいだにテレビ中継された記者会見で、そう述べた。それにしても、生前フリーキャスター小林麻央としての知名度があるにせよ、役者の妻の死がこれほど大きく取りあげられたのは空前のことだろう。いまさらながらウェブサイトのブログ、さらにそれを報じるマスメディアの影響の大きさに圧倒される。

この記者会見は、ほとんどが海老蔵の表情をアップで撮った画像で構成されていたが、喰いいるように見つめるのを強いられるような迫力に充ちていた。無論、妻を失った堀越寶世という三十九歳の男の悲しみに耐えている生地のままの表情と言うべきだし、それにちがいはないのだが、海老蔵の芝居を見馴れている者の目は、どうしても堀越寶世という仮の姿にやつした市川海老蔵の側面をさぐり出そうとしてしまう。因果な性分だ。

「愛してる」という麻央夫人の最後に残した言葉を伝えるのも、「泣いちゃいますよね、そのひと言」と、手で涙を拭いながら自分に語るがごとくに言葉をのみ、ときにながい沈黙のあと、しぼり出すようなふるえ声をきかせる。病院ではなく自宅で家族としてのかけがえのない時間を過ごせた喜びを語り、麻央のそばを離れようとしない愛児の様子を語る父親としての表情は、市川海老蔵や堀越寶世であることとはまったくかかわりなく、千両役者としてのそれであることに魅せられながら、画面を見ている自分に気がついた。その千両役者が、麻央さんはどのような奥さんでしたかとの問いに、「僕を変えた奥さんなんじゃないですか」と、さり気なく答えたのが強く印象に残った。初役と十七年後の助六の変りように、麻央夫人の影を見たような気がしたのだ。

果してと言おうか、当然と言うべきか、市川海老蔵中心の座組による歌舞伎座の「七月大歌舞伎」は、初日を前にほぼ完売だときいた。昼の部で『加賀鳶』の道玄と『連獅子』の狂言師右近後に親獅子の精を演じた市川海老蔵は、夜の部の通し狂言『駄右衛門花御所異聞』で、日本駄右衛門、玉島幸兵衛、秋葉大権現の三役を演じ、早替りや宙乗りも披露する。宙乗りでは白狐に扮した四歳の長男堀越勸玄を抱きかかえている。いくら予定されていたとはいえ、母を失ったばかりのいたいけな幼児との舞台共演は、気の毒にすぎると思った。

親の死に目にあえないのは覚悟の上と言われる役者商売だ。舞台出演中に、親兄弟や妻を失った例は、これまでにいくらもあったはずである。だが大方は、その事実を知っているのは一部の関係者だけで、観客はまったく知らずにその役者の演技と向きあっているのがふつうだ。つめかけた観客のすべてがすべて、妻を失った事実を知っている「七月大歌舞伎」の市川海老蔵のケースは稀有なものと言っていい。

通し狂言『駄右衛門花御所異聞』の上演される「七月大歌舞伎」の夜の部の客席に一歩足を踏み入れて、その異様な雰囲気に思わずたじろいだ。五十年を優にこす観劇暮しで、かなり擦れっ枯らした客を自認している私だが、こんな体験は初めてだ。

サブタイトルに「秋葉権現廻船語」とある竹田治蔵・並木翁輔作のこの芝居は、一七六一年（宝暦十一）に大坂中の芝居（中座）で初演いらい、最近では何年か前劇団前進座が上演しただけの、非常に珍しい演目だ。新演出による復活狂言と言っていい。歌舞伎は、その内容が客に先刻承知されている『忠臣蔵』や『助六』『勧進帳』のような名作上演が多いというよりふつうで、だから歌舞伎の客は上演される名作を演ずる役者の藝を楽しむために、劇場にかけつける。時に、新作やいままであまり上演されなかった作品が舞台にかけられることもあって、この場合は出演する役者もさりながら、初めて観る作品の内容に対する興味が、観客の眼目になっている。『駄右衛門花御所異聞』も、その点ではまったく変りがなかった。主演の市川海老蔵の麻央夫人が逝くまでは。

上演される芝居に対する関心はまったくない、というより二の次で、ただただ妻を失った夫と、母を亡くした幼な児の共演という、考えてみればつくられたお芝居以上に、ドラマティックで希有な事象への同情心にあふれた客を前にして、その客を楽しませ、喜ばせなければならない役者の気持に、思いを馳せずにはいられなかった。二幕目第三場、遠州秋葉大権現の場で、白狐姿の堀越勸玄が、文字通りちょこちょこと花道に登場したときに起った客席の歓声は、思わず「可愛い」と口にしながら涙ぐんでいる中年婦人などもいて、なんとも形容し難いものだった。

肝腎の宙乗りだが、舞台下手からがいつもの例なのに、花道のすっぽんから宙に浮く演出である。秋葉大権現と、かかえられた白狐が目をあわせうなずきあい、白狐が手をふる姿に大きな拍手を送る観客の目は、秋葉大権現と白狐に対してではなく、ここははっきり市川海老蔵親子としてとらえている。『駄右衛門花御所異聞』という芝居のなかに、作品上の展開とは別に、役者とその子供を見舞った悲劇が組みこまれ、それを我が身も一緒に受け入れようとしている観客によって成立している舞台に接したのも、初めての体験だった。

いずれにしても、市川海老蔵はこれから燦然とかがやく千両役者でありながら、きわめて孤高な立ち位置にいなければならない。雑音もまじったあらゆる周囲の圧力も一身に受ける役者の孤独を考えると、あらためて梨園にあっての妻の存在の大きさに思い至るのだ。

歌舞伎座で『駄右衛門花御所異聞』を観て一日置いた七月六日夜、東京池袋シアターウエストで、『アザー・デザート・シティーズ』の初日の舞台で、中嶋しゅうが客席に転落したのをこの目で見た。役者が芝居をしている最中に倒れた例では、これまで東宝現代劇の清水郁子、劇団昴の北村昌子に出会っているが、中嶋しゅうのように死に至ったのは初めてだ。中嶋しゅう夫人の女優鷲尾真知子は、夫を送った翌日に明治座で『ふるあめりかに袖はぬらさじ』の初日の舞台をつとめたという。一足入れれば非日常の世界がくりひろげられる劇場で、芝居以上に非日常的な事態に遭遇することの不思議さを考えずにはいられなかった。

芝居を観ることを仕事にしている身にとって、「七月大歌舞伎」は絶対に見逃せない性質のものだ。複雑な立場に置かれた市川海老蔵に対して、冷厳な視線を送らなければならない、劇評を業とする者の残酷さを思わざるを得ない。

市川海老蔵に出会うことなく逝った、師の戸板康二を不幸だったとしたが、こうした残酷さを体験しなかったのだから、あるいは幸福だったのかもしれない。

「まけず嫌ひの意地ッぱり」面目躍如

（『ロッパ随筆　苦笑風呂』解説　二〇一五年）

一九四八年七月雄雞社刊とある古川緑波『苦笑風呂　ロッパ随筆』におさめられているエッセイは、「あとがき」によれば「馬脚綺譚」以外のほとんどが、戦後「色々な雑誌に発表した」ものという。一九四五年八月から三年足らずの期間だ。初出の記載がないが、敗戦後出版の自由を旗印に、活字飢餓に応じるべく用紙事情のきびしいなか新雑誌の創刊が相次いだ時代だ。それら多くの雑誌に書きまくったものと思われるが、それにしてもかなりの執筆量で、「役者の余技、というようなものではない。文筆も、僕の本業の一つである。」と「あとがき」に記した自負に納得させられる。

ディレッタント古川緑波が、『苦笑風呂　ロッパ随筆』に収められた文章を書くのにエネルギーを費した三年間は占領下で、自身「戦争中は、何となく張合があったが、気抜けしてしまひ、元気を失った」時期でもある。冒頭の「苦笑風呂」にあるように、満足に風呂に入ることもむずかしかった時代で、風呂好きのロッパにはけっして有難い時代ではなかった。名著『古川ロッパ昭和日記』（晶文社）の「戦後篇」にも、風呂に入れることとの喜びが頻繁に記されている。入浴が日常の些事と言えなかった時代には、エッセイの好材料になったのだ。

「何でも屋」を自称する古川ロッパだが、その出発は映画ファンが昂じた映画雑誌の編集者だった。以後、映画は何でも屋ロッパにとって生涯の同伴者になるのだが、そのことが反映されてこの『ロッパ随筆』にも映画に関連した文章が多く目につく。自身役者として出演してる作品の撮影がらみや、共演俳優にまつわるエピソードなどだが、たとえそれが憤懣や批判のかたちをとっていても、映画に対する限りない愛情の裏返しなのであって、ストレートに受け取ってはいけない。そのあたりの事情は、この時期の『日記』を対照して読むことで、ロッパの本音を推察することができる。

映画に対するロッパの愛情で言えば、「キーニーとチャップリン」が圧巻である。「映画啞なりし頃」の三十九歳のキーニーとの対話で示されるロッパの知識の、単なるファンや通の域を脱した本格的批評家としてのそれであることが次項の「チャップリン学者=僕」で実証されている。自ら学者と名乗るあたりがいかにもロッパだが、一九四六年の「四月八日(月曜)晴」とある日の『日記』など、有楽町邦楽座で満員のため事務所の椅子を借り、チャップリンの『ゴールドラッシュ』に二十年振りにあい見え、

いきなり然し、チャプリンの姿が出ると涙が出て来た。前半、泣き通しだった、何とも懐しくて〳〵チャプリンの眼を見てるとたまらなくなった。靴を食べるところ、大男二人の格闘で鉄砲がチャプリンを追ふところの辺り、アハヽヽと声立てゝ笑ひ乍ら、涙で眼が一杯になった。

と、自称学者の貌をかなぐり捨てて、単純なファンの姿をさらけ出してみせる。

自ら学者と称することに、ロッパ特有の思いあがりの気分も多少あるが、映画雑誌編集者時代に

培われたこのひとの批評精神には、なみなみならぬものがある。師とあおぐ小林一三に、千両役者だからと千円の出演料を出させた、初舞台になる一九三二年宝塚中劇場公演宝塚バラエティー「世界のメロディー」の無惨なる失態ぶりを、自分に対する冷静な眼で、著書『あちゃらか人生』(日本図書センター)に書いている。そうした持前の批評精神を存分に発揮した「文芸時評」は、ロッパのペダンティズムとあいまって、文筆家ロッパの色彩が単純に、それも濃密に出ている。役者として、ときにきびしい批判にさらされ、ときに過褒と思われる評価を得てきたロッパは、批評家に対し嫌悪と憧憬両面複雑な感情をいだいていたはずだ。そんな思いを一緒くたにした一流の文藝評論家気取りの筆致に、得意気な表情がうかがわれて面白く読めるのだ。

無条件降伏による敗戦は、日本人古川ロッパ個人の仕事と暮しの面から見るならば、俗に言う「落ち目」のきっかけだった。このエッセイ集の書かれた時期、まだ『古川ロッパ昭和日記』の「晩年篇」に見る悲惨な状況にはいたっていないが、その萌芽はうかがわれていたはずである。だがおさめられた文章を読む限り、意気軒昂たる大物ぶりは健在である。

一九六一年、古川ロッパは失意のうち五十七年の一期を終えている。「文芸時評」の「万太郎と荷風」で、その著『あきくさばなし』を「これは凡打」ときめつけられた挨拶句の名手久保田万太郎に、「一月十六日、古川緑波逝く。——ありし日のおもかげをしのぶ」の前書つきの、

マスク白しまけず嫌ひの意地ッぱり

なる句がある。

Ⅳ　劇場にて

伸の知恵、綺堂の知識

（明治座「十一月花形歌舞伎」パンフレット　二〇一三年十一月）

数ある長谷川伸の芝居の主人公に、天下の大道の真ん真ん中を大手振って闊歩してみせる人間はいない。任侠一筋に身をまかせるアウトローであったり、ちょっとしたことから身を持ち崩し、世間に恥じる哀しさを背負って生きざるを得ない、しがなくて弱い、間違っても偉くなどなろうとしないひとばかりだ。そんな主人公たちが、生きるよりどころとして大切に育んできた、「義理・人情」という倫理観を基調にくりひろげられるお芝居には、いつも慈しみにあふれた、作者の眼差しがそそがれている。

伊東昌輝編の詳細な「年譜」によれば、一八九〇年（明治二十三）、六歳で入学した横浜の公立吉田学校を二年で中退、これが長谷川伸「唯一の学歴」となっている。「年譜」と対照しながら、自伝の『ある市井の徒』『新コ半代記』を読むと、父親の営んでいた雑貨店が人手に渡った八歳のときいらい、一九〇四年二十歳で横浜の英字新聞「ジャパンガゼット」の臨時雇傭記者に採用されるまで、世の辛酸をなめつくし、多くの艱難に耐えている。名作『一本刀土俵入』誕生の機縁ともなった品川遊廓出入り台屋の出前持ちをはじめ、横浜第二ドックの住み込み小僧、撒水夫、土工、鳶人足、相撲取りに弟子入り志願や落語家たらんとしてみたり、ときに掏摸にむいていると見込まれるなど、ありとあらゆる世の下積みの暮しを体験するのだ。

それはそっくり長谷川伸の芝居の世界と背中あわせの境遇で、ほんの些細なきっかけひとつで同じ立場に置かれかねないものだった。そんな窮地を長谷川伸は固有の知恵でしのいでみせて、こんにちあるのだが、その同じ知恵を発揮しながらも果せなかった作中人物の夢への思いの深さが、このひとの作品の太い背骨になっている。

『瞼の母』は、生母からが夫の放蕩から家を去っていった、伸が三歳のときの体験を劇化したとされているのを否定する村上元三は、「昭和元年に亡くなった前夫人まさえの父を訪ねたときのことが、素材」と書いている。いずれにしても一九三三年、四十七年ぶりで生母との再会がかなってからい、作者は『瞼の母』の上演を禁じている。

この再会は、朝日新聞のスクープにより広く世に知られるところとなり、それを記念した祝宴も帝国ホテルで開かれている。『旅の里扶持』など長谷川作品を高座にかけていた八代目林家正蔵（彦六）は、この祝宴に出席する会費が工面できず、村松梢風に払ってもらったと語っていたものだ。

ほんらい存在しない「捕物帳」なる語を用いた小説形態の嚆矢、岡本綺堂『半七捕物帳』六十八篇は、すぐれた推理小説であると同時に、簡便なる「江戸風俗事典」の趣きをそなえている。かつて岡っ引きをしていたという半七老人の昔語りのかたちで展開される、この小説シリーズの執筆動機のひとつに、劇作志望の門下生のための江戸時代風俗考証のテキストづくりがあったのは、よく知られた事実だ。加えて英語に堪能で海外の推理小説を耽読していた綺堂の豊富な知識が、その下敷きになっている。

岡本綺堂の江戸市井風俗に関する学殖は、『半七捕物帳』に限らず、戯曲、読物、随筆、すべての作品にちりばめられている。そんな綺堂作品にあらわれた語彙から、江戸風俗事典をつくる試みは、門下の岸井良衞による『岡本綺堂　江戸に就ての話』に実り、綺堂の養嗣子岡本経一主人の書肆青蛙房から刊行されている。もともと専門的説明を意としていないから、多くを学識者の手に委ねている百科事典的な記述から離れた、生きた言葉による読物になっているのがなによりのご馳走だ。

たとえばこの本の「町人」の項にある「刺青（ほりもの）」を引くと、読物『刺青の話』の一節が記されているのだが、なかに「とりわけて裸稼業の駕籠屋の背中に刺青がないと云ふのは、亀の子に甲羅が無いのと同じやうなもので、先づ通用にはならぬと云つて好いくらゐです」というくだりがあって、自然と『権三と助十』が頭にうかぶしかけだ。

『権三と助十』幕あき冒頭は、長屋の井戸替の光景である。晒井（さらしい）とも言われる井戸替は、「悪疫流行の夏期に、井戸水を汲みほし、底まで清掃して、湧く水の清澄を保つようにする」と、山本健吉編『最新俳句歳時記　夏』（文藝春秋）にあるように、「歳時記」の季語として残されているだけで、夏の風物詩というにはいささか薄汚い行事としては、もう目にすることはできない。いまやその「歳時記」からも消えていく傾向にあるだけに、『権三と助十』の舞台に見る井戸替の光景は、貴重なる江戸風俗記録なのである。

岡本綺堂の江戸に関する知識を、「学問・研究」と呼んだ久保田万太郎は、綺堂作品が江戸を書く作家に与えた「利益」を「甚大」としているが、いちばん多くの利益を得ているのは江戸を書く作家ではなく、読者や観客、つまりは私たちなのだ。

（新派公演パンフレット　二〇一四年八月）

東の万太郎　秀司の西

三社様で知られる浅草神社の石の鳥居をくぐったすぐ右に、久保田万太郎の句碑がある。

竹馬やいろはにほへとちりぢりに　万

とあるが、万太郎に「俺が芭蕉なら龍岡は曽良だ」と言われた龍岡晋所蔵の色紙から刻字したときいている。句碑の裏面に、小泉信三による「撰文」があって、

久保田ハ淺草ニ生レ淺草ニ人ト成ル　觀世音周邊一帶ノ地ノ四時風物トソノ民俗人情ヲ描イタ大小ノ諸篇ハ日本文學ニ永ク淺草ヲ傳エルモノトイウベキデアロウ

という一節があるのだが、久保田万太郎文学の要諦を語って余すところがない。

久保田万太郎に「親炙」していた戸板康二は、万太郎戯曲を「東京への帰郷のみを主題」と言い切るが、その東京も生地浅草に見るごとく、世に言う下町に即していた。伝統的な江戸文化に支えられた、下町人（びと）の市井の暮しを描いた一方で、万太郎は西欧趣味の人でもあったのを忘れてはなるまい。「カツ、テキ、ハヤシ、キャベツ巻き」など、食物嗜好もさることながら、慶應義塾在学中に執筆した劇評の、センティメンタル、パセティック、ヒューマン、グッドネーチャー、などの語

句をわざわざ横文字の原語で書いている。

久保田万太郎の劇壇とのかかわりは、新派の喜多村緑郎と親しくなったことから、一九二一年（大正一〇）三月市村座で『婦系図』の演出にあたったことで始まる。その二年後の九月一日に関東大震災があって、明治の変革以来わずかに残影をとどめていた江戸文化が一掃される。昭和という新時代をむかえて、震災後の復興に名を借りた風俗革命がもたらされたことで、大都会と化した東京は下町のそれに較べ劣勢の感のあった、植民地的な山の手文化が台頭する。そんな風潮に逆らうごとく、代表作『大寺学校』に象徴されるように万太郎作品は生まれ育った下町の世態、人情、風俗への懐旧の情に傾きつづける。

それでいながら震災後の自身の暮しは、日常の姿を和服から洋服に変え、住まいも山の手をえらぶなど、下町から距離をとり、根にあった西欧趣味に準じ、劇壇のみならず官界にも地位をきずくのだ。


著書『演劇太平記』所載の「年譜」によれば、北條秀司は一九〇二年（明治三五）大阪西区北堀江西長堀材木河岸に生まれてより、二十五歳で父母弟と上京、東京馬込に家を持つまで大阪の地を離れたことはなかった。爾後一九九六年に九十三歳で一期を終えるまで、七十年近い年月を小田原、東京、鎌倉と関東の地で過ごしながら、作品には『王将』『文楽』『太夫さん』『京舞』など、西の風土に根づいたものがすこぶる多い。『狐狸狐狸ばなし』の初演は一九六一年東京宝塚劇場だが、重善の十七代目中村勘三郎や三木のり平の又市のほかは、伊之助の森繁久彌、おきわ山田五十鈴をはじめ、大阪弁の達者な役者をそろえている。

　昨今では、用いられている日常生活言語以外にさしたる違いの見出せない、東京・大阪の二大都市だが、久保田万太郎や北條秀司の芝居に描かれている、東と西の風俗、習慣、そして人の気風には著しい差があって、ほとんどそれは異文化と言っていい。徳川三百年の長い時間を、武家支配のもとに過ごしたことと、商都として町人社会を築いてきたことの差が、東西二都の間に、生活と思考様式の大きなちがいをもたらした。

　時世時節に身をまかすに狡智にたけて魅力的な万太郎の作中人物と、反骨精神を内に秘めながら無手勝流な生き方に現実感を覚える北條作品の人物を見くらべながら、私はいつも東西文化のちがいに思いをはせている。

　演劇協会初代会長久保田万太郎が、誤嚥という不慮の事故で一九六三年に頓死。翌年北條秀司が二代目会長に公選される。身にふさわしい要職を得たふたりだが、万太郎に終生「官」のにおいがつきまとったのに、秀司には「在野」の二文字がふさわしかった。

『明治一代女』異聞

（「初春新派公演」パンフレット　二〇一四年一月）

受けた大学全部落ちて、無為徒食の文学青年を気取るほかになく、酒色を求め連夜新宿などを徘徊していた時分だから、もうとっくに半世紀を過ぎている。武蔵野館通りの、ムーラン・ルージュのあった並びに、なんとかいう古本屋があって、いつも黒いシャツを着た男が店番をしていた。新宿に顔を出すたびに立寄っていたのだが、棚の前に雑然と積まれている古雑誌にまじって、表紙にペン書きで「花井お梅」と記された大学ノートが投げ出すように置かれていた。手にとってページをひらくと文字どおりのメモ書きで「本名ムメ」「柳橋」「宇田川屋秀吉（ひできち）」「箱屋峰吉」などの語句が散見された。なんとなく気になり、値段もそれほどでなかったのだが、大切な飲みしろを犠牲にすることもあるまいと、買わずにいた。その後も店をのぞくたびに、一冊分使いきっていない、売れ残ったそのノートをひらいていたのだが、それが國井紫香の点取帳だったと気づいたときには、もう売られてしまっていたのか、店から姿を消していた。

國井紫香だの点取帳だのと言われても、誰の、なんのことやら理解しかねるだろう。私が國井紫香の高座に、どこかの寄席で初めてふれたときの肩書は、たしか「映画説明」で、スマートなスーツ姿の高座だった。活動写真の弁士出身なのだ。「東山三十六峰、草木も眠る丑満時」という活弁の名調子の本元は國井紫香だったと、こんど『日本芸能人名辞典』（三省堂）で知った。無声映画のトーキー化は、多くの人気弁士の職を奪うのだが、徳川無聲、牧野周一、大辻司郎らは漫談に転じ、國井紫香は山野一郎と同じく講釈師になっている。

その講釈師の、言ってみれば演出ノートが点取帳なのである。演出ノートに類するものは、落語家や浪花節語りにも備えるむきがいるはずだが、それを点取帳と称しているのは講釈師だけだ。『広辞苑』にも『大辞林』にも載っていないが、『日本国語大辞典』（小学館）には点取帳ならぬ点取本として立項され、「講釈師が寄席の楽屋で、先輩の高座を聞きながら筆記した本」との記述がある。

四十歳になった花井お梅が、特赦によって市ヶ谷監獄から出獄したのは一九〇二年（明治三十五）四月十日だが、予定された午前十時が急遽真夜中に繰り上げられている。取材記者や野次馬の殺到をさけるための処置だが、報道機関といえば新聞だけの時代にしてこれだけの配慮がなされたのだから、二十年前の事件の衝撃のほどがうかがわれようというものだ。

出獄後の花井お梅だが、汁粉屋、洋食屋、煙草屋、小間物屋など、いろいろと女手ひとつでできる商売に手を染めるが、いずれもうまくいかず、新橋の藝者屋・古桐の家から、秀吉の名で藝妓として二度のおつとめをすることになる。この座敷づとめもながくはつづかず、結局は小芝居や寄席の舞台に立ち、自ら「箱屋の峰吉殺し」を演じ、旅役者として後半生を過ごした。國井紫香を載せている『日本芸能人名辞典』には、花井お梅を「明治期の芸者・女優」として十一行ほどの記述がある。
一九一六年（大正五）、十二月十四日、浅草蔵前精研堂病院で、肋膜を悪化させた肺結核のため五十四年の波乱の人生終えた花井お梅は、その最晩年まで舞台に執着したようだ。世を去る前の年、浅草六区の活動写真小屋から連鎖劇出演の誘いがかかっている。連鎖劇は、役者の演じる芝居のあいだにフィルムによる映写シーンがはさまれるもので、当時大流行して山崎長之輔なんて伊井容峰一座あがりの役者が絶大な人気を博していた。このはなしを、「痩せても枯れても花井お梅、活動写真といっしょの舞台など出られません」と一蹴している。入れ替るように大阪の中座から、一興行千円という好条件のはなしが持ち込まれ、その気になったお梅は十八番の峰吉殺しでひと稼ぎして、新橋に藝妓屋を開業、女将におさまる目算であったが、病に勝てず夢と潰えた。

私が花井お梅の名を初めて耳にしたのは、新内でも、流行歌でも、川口松太郎『明治一代女』でもなく、女形の声色で売っていた山本ひさしの高座ではなかったか。花柳章太郎と初代の水谷八重子を遣いわけていたように覚えている。古本屋で國井紫香の点取帳を見かけた時分、唯一の釈場だった木造二階建畳敷客席の上野本牧亭に足繁く通っていたから、猫遊軒伯知を名乗っていたはずの國井紫香の高座にふれていそうなものだが、ここで出会った記憶はない。私の知っている國井紫香は、いつもダンディなスーツ姿で、羽織をつけ、張扇手にして、釈台を前にしているのにはお目にかかったことがないのだ。ばかりか、あれだけ熱心に本牧亭通いしていたのに、講談の「花井お梅」というのを聴いたことがないのだ。

若き日の川口松太郎が、筆記講談の悟導軒圓玉のところに寄宿して、出入りする講釈師や新聞記者に真田小僧の綽名をつけられていたことは、つとに知られている。ここで突飛かつ大胆きわまる推測を試みるならば、『明治一代女』の下敷に悟導軒圓玉の点取帳がありはしなかったか。『明治一代女』という傑作の誕生を前にして、國井紫香は花井お梅から手を引かざるをえなかった……というのはどうでしょう。

いま、三劇団

（「悲劇喜劇」二〇一六年十一月号）

思い出す一九五六年の師走。木造からモダンなスタンドに改装された中山競馬場での、第一回グランプリ競走（有馬記念）に、絶対本命のメイヂヒカリをあえてけとばし、なけなしの小遣いをはたいて求めた馬券は無惨にも紙屑と化してしまった。

いちばん強い馬が勝つという競馬の鉄則を無視して、贔屓の姥名武五郎が騎乗しているのにもかかわらず、メイヂヒカリに馬券を投じなかったのは、メイヂヒカリの馬主が明治座の社長夫人だったからだ。多感な新劇青年だった私は、商業演劇が日本の演劇の健全な発展を妨げていると、大真面目にそう思っていた。私だけでない。当時は新劇を志す大方の青年男女がそう思っていたはずである。

新劇とちがって、商業演劇は興行資本によって賄われている以上、利潤追求が最優先で、この利潤追求のためには人気役者中心の座組で、なによりも万人の理解を得られる娯楽性が要求される。新劇がその存在意義としている高度の藝術性、そしてイデオロギーは、商業演劇にあっては無視するわけではないが、とかくないがしろにされがちだった。そんな時代の新劇界にあって、御三家と呼ばれた文学座、俳優座、劇団民藝は、断然他を圧する大劇団として確乎たる存在感をしめしていた。

　この三劇団に、新協劇団、文化座、山本安英とぶどうの会がわずかに雁行していたが、ほかにも若い小さなグループが群雄割拠と言えば格好がつくが、とにかく沢山あって離合集散をくりかえしていた。そんなグループを世間は群小劇団と称して、十把一絡げに扱った。小幡欣治の言葉を借りれば、この国の演劇史から「抹殺された」集団である。こうした群小劇団は、千田是也の提唱した「俳優座衛星劇団構想」にともなって、青年座、新人会、仲間、三期会、同人会などスタジオ劇団の誕生がつづくに及び、自然淘汰されていった。

　生活もままならぬ状況下にありながら、若いエネルギーがこうした群小劇団に結集したのは、新劇の舞台に立つためには、劇団に加入していなければならなかったからである。言い方をかえれば、新劇俳優イコール所属はどこであれ劇団員でなければならなかった。ついこのあいだと言っていい、そんな時代のあったことを、みんなもう忘れている。

　新劇と商業演劇、さらに歌舞伎・能楽など伝統演劇と、この国の演劇界を明確に三分割していた構図が、伝統演劇だけを別格に四分五裂、要するにジャンルの壁が取り払われたきっかけは、やはり六〇年安保闘争の敗北と、六三年の日生劇場の開場だろう。

　あの時期、新劇を自称する劇団のほとんどすべてが加入していた、「安保体制打破新劇人会議」傘下の劇団は、その立位置を失い混乱状態に陥った。このことによってより一層存在感を高めた御三家三劇団も、分裂や離脱者を出すことを免れなかった。こうした事態を背景に発生した所謂小劇場は、従来の劇団制度に固執しないこともふくめて、共通した創造理念に「反新劇」があったのはたしかだ。

一方商業演劇も、日生劇場開場を機に、これまで門戸を閉じていた新劇からも多くの人材を受け入れるようになる。商業アレルギーのつきまとっていた多くの新劇人にとって、商業演劇に身を投じたり、開局相次いでいたテレビ局のスタッフに招かれたりすることは、仲間から「魂を売った者」と烙印を押される覚悟を必要としたのだ。

最近になって芝居の世界に足踏みいれた若い人たちには、自分たちの身を置く世界がこんな滑稽を演じていた事実が、演劇界そのものが虚妄のドラマを上演していたように見えるだろう。そんな喜劇の時代を経た現代演劇事情だが、百花繚乱と言えばきこえがいいが、要するになんでもありの時代、商業演劇同様新劇もかつての輝きを失い、そのかげを薄めている。なかにはメジャー化を果したところもある小劇場。製作プロダクション。民営や行政もかかわっている劇場。まさに乱立の時代に、表だって標榜しないまでも新劇の呼称にくくられる劇団、なかでも老舗の看板をかかげた三劇団のこの先の歩みには、どんな問題が横たわっているのだろう。

『桜の園』のこと少し

（「悲劇喜劇」二〇一七年十一月号）

チェーホフというロシアの作家に、『桜の園』という芝居があるのを知ったのは、日本が太平洋戦争（当時は大東亜戦争と言った）に無条件降伏し敗戦国になって最初の正月だった。一九四六年（昭和二十一）で、私は国民学校（小学校）の五年生、数えの十二歳になったところだ。

たまたま父が買ってきた「アサヒグラフ」の「昭和二十一年第一号」に「はつわらひしんぱんいろはかるた」という諷刺的な写真を取り札にした特集ページがあって、子供ごころにも大層面白かった。

たとえば「ろ」の「論より証拠」は、東京大空襲跡の廃墟。「に」の「悪まれ子世に憚る」は、勲章をつけた東條英機の立姿。「う」の「嘘から出た誠」は、原爆の巨大なきのこ雲だった。そんな中で、わが家族に特別の共感のあったのが、「そ」の「惣領の甚六」の近衛文麿元宰相だった。それというのが、隣家に近衛文麿のお妾さんが住んでいて、茶人だった祖母にお茶を習いに来ていたのだ。無論戦時中のはなしだ。

横道にそれたはなしをチェーホフに戻す。

この「アサヒグラフ」に、見開き二ページを使って、前年の十二月に有楽座で上演された新劇合同公演、アントン・チェーホフ『桜の園』が紹介されていたのだ。何葉かの舞台写真がレイアウトされているなかに、ロパーヒンの三島雅夫が叫んでいる姿をとらえたものがあって、そのキャプションに、「『桜の園』はわたしが買ひました」とあるのが、なんとなくこの芝居の内容を示しているように感じた。

三島雅夫のロパーヒンのほかには、無論ラネーフスカヤ夫人・東山千栄子の上品な容姿もあったが、ほかに記憶に残っているものに丹阿彌谷津子のアーニャの可憐きわまる笑顔がある。抜擢された初舞台で、下男役で共演した金子信雄とのロマンスが芽生えるきっかけとなった。後年の金子信雄とはいささか癖の悪い酒席を何度も共にしたが、耳が痛くなるほど聞かされたはなしだ。

この特集ページには、切符を求めるために出来た有楽座をかこむ行列の写真もあったような気がする。国会図書館か大宅文庫あたりで、再び巡りあいたい「アサヒグラフ」は私の新劇原風景である。(「悲劇喜劇」編集部が国会図書館でコピイをとってくれた「アサヒグラフ」によると、「はつわらひしんぱんいろはかるた」は昭和二十一年一月五日号だが、「素顔の『櫻の園』」なる『桜の園』の稽古風景は、昭和二十一年一月十五日号と別の号で、有楽座をかこむ行列の写真は載ってなかった)

米川正夫訳・青山杉作演出によるこの『桜の園』は、主催毎日新聞社、共催東宝株式会社で、一九四五年十二月二十六日から二十八日迄、三日間六回有楽座で上演され、九千六百名の入場者を数えている。入場料は税込十三円五十銭と四円の二段階。

それにしても日本敗戦から百三十三日。焼野原の東京は瓦礫の山。未曽有の食糧飢饉は、渋沢敬三大蔵大臣が現状のままでは餓死者が一千万人にのぼるだろうと発言していた時期に、復活した新劇『桜の園』に一万人近い観客が押し寄せた事実に、極限状況下にあっても衰えることのなかった市民の娯楽に対する欲求と、それに応える側（新劇人）のエネルギーに、感嘆しないではいられない。ちなみに『桜の園』に先立つこと三十三日の十一月二十三日には、占領軍に接収されてステートサイド・パークと称していた神宮球場で、プロ野球の東西対抗戦が行なわれ、板きれ一枚ないスタンドを一万人の観客が埋めている。

初めてほんものの『桜の園』の舞台にふれたのは、一九五一年一月の俳優座公演で三越劇場だった。私は新制高校の一年生、十六歳。千田是也演出で、ラネーフスカヤ・東山千栄子、ガーエフ・松本克平、ロパーヒンは小沢栄（栄太郎）だ。東山千栄子のラネーフスカヤ夫人は、六三年三月の都市センターホールでもう一度観ている。おそらく東山千栄子最後の『桜の園』だろうと、ガールフレンドと出かけた。このときのガーエフは小沢栄太郎、ロパーヒンが黒澤映画『七人の侍』の稲葉義男だったのは、『俳優座史』で知った。

『桜の園』というお芝居は、煎じ詰めれば、

「口ばっかしで、なんにも出来ない人たちが集まり散じて行く光景」

で、これは『三人姉妹』『かもめ』『伯父ワーニャ』など、チェーホフ作品に色濃く露出された特徴ではなかろうか。

照れと冷静

（『貝のうた』解説　二〇一四年）

沢村貞子について語るとき、いまだに忘れかねている映画の一場面がある。一九五九年（昭和三十四）の大映作品、増村保造監督『氾濫』で、たしか原作は伊藤整でなかったか。

娘のピアノ教師を相手に情事を重ねる、当時の言葉でいう有閑マダム役で、愛想づかしされるのだ。このときの、ほとんど表情だけで見せる沢村貞子の演技が絶品だった。若い燕（この言葉もあまりきかれなくなって久しい）のピアノ教師船越英二から、有閑マダムの老醜ぶりを嫌味たっぷりに、具体的に指摘されていく。眼尻のしわ、頰のたるみ、かさかさな手の甲。いちいち指さしながら、ねちねちと。

それを無言で受けながら、そのひとつひとつに反応してみせる表情は、驚愕であり、自信と、虚栄と、誇りのすべてを同時に失ったことを知る、呆然自失として無防備な姿をさらけ出した「をんな」そのものだった。さらに凄いのは、そうした自身の表情を写しとっているカメラと、まったく同じ眼でもって、おのれを凝視する女優沢村貞子が、画面にしっかりと存在していたことだった。

『貝のうた』は、沢村貞子という「照れ性の下町女」が、半生、つまりは激動の時代昭和戦前戦中を、女優としていかに生き抜いてきたかをつづった名著だ。前版（一九八三年、新潮文庫）に素晴しい「解説」を寄せている「同時代を歩いた」佐多稲子の言を借りれば、

> 誠実を求めて探ったその道はおのずと時代と結びつくものになって、この時代のひとつの証明ともなっている

のだ。

同じ東京でも山の手しか知らずに育った私には、はなしにきく猿若町の小芝居の名門宮戸座の、奥役をかねた座付作者の子に生まれた沢村貞子の「生いたち」が格別に面白かった。面白かったというのは的確さを欠くかもしれないが、まだまだ東京という都会の風俗、習慣、世態、人情すべての面で、山の手と下町のあいだには歴然たる距離感の存在していた時代だった。まして芝居者と呼ばれ、世間からいささかの興味と関心をそそがれている、いわゆるかたぎとはちがった世界である。語られるひとつひとつが、知らない身にはやはり面白いとしか言いようのない新鮮さを持っている。藝の世界にすこぶる近い場所での仕事で、糊口をしのぐ身となった私には、憧憬の別天地をのぞく思いがしたものだ。

学問好きで教職者になることを夢見て、日本女子大学に通った沢村貞子は、山本安英に憧がれ新劇の門戸をたたき、新築地劇団に所属する。劇団は一九三一年（昭和六）にプロットに加盟、急速にプロレタリア演劇活動に傾斜していき、退学を余儀なくされる。「一生懸命はたらく、貧しい人たちに幸福を！」の思いから運動に従事するのだが、治安維持法違反容疑で逮捕され、市ヶ谷刑務所に収監される。

その間、杉本良吉の強いすすめで劇団の今村という男と結婚する、というよりさせられる。夫となった今村について沢村貞子は、

頭の切れる立派な人だった。私にやさしくしてくれた。私は彼をとても尊敬していたけれど、愛とか恋とかいう気持ちには、ほど遠かった。ただ、〈階級運動のために、こうしなければならない〉、それだけだった。私の心は閉ざされたまま、私は彼に従った。

と書いている。この今村との結婚の本質を佐多稲子は、

「私」に結婚の強いられるいきさつだけは、指導部意識の傲慢さを、女に押しつけた証しとして残ることと云わねばならない。

としているが、この今村なる人物は仮名である。沢村貞子がプロレタリア演劇運動に携っていた記述に登場する多くの先輩仲間たちは、杉本良吉、土方与志、丸山定夫、佐々木孝丸、小沢栄太郎、信欣三、松本克平、嵯峨善兵などに見るごとく、すべて実名があげられている。なのに自分の結婚相手だけ仮名にしてるのは、離婚したこともふまえ、当人とその周辺の人たちへの影響を頭にいれた、「照れ性の下町女」沢村貞子らしい配慮だろう。

ここで今村なる人物の実名をあかすのは、著者の意向を無視した悪趣味とのそしりを受けそうだが、一九三一年（昭和六）二月六日付「都新聞」に「結婚……二重奏　左翼劇場と新築地と」の見出しのこんな記事がある。

お互の公演毎に助演し合つて、益々親密の度を加へてゐる左翼劇場と新築地劇團の間に最近其の関係を一段と深くする事件が起つた、藤田満雄と山本安英、中村榮二と澤村貞子、この二組の

結婚がそれである、男の方は二人とも左翼劇場、女の方は二人とも新築地に属してゐる。
とあって、
　澤村貞子は新築地結成当初からの女優で、兄さんに映画俳優の澤村國太郎がある、この兄さんが右両人の結婚問題で上京して、その次手に自分の方の近々のおめでた、マキノ智子との結婚のことをきめて行つたといふのだから、おめでた続きといふ外はない、
中村栄二は、一時期プロットの指令で地下に潜るが、一九三四年（昭和九）、村山知義の提唱した新劇の大同団結によって、中央劇場、美術座、新築地劇団などを統合し結成された新協劇団に加入する。
　その新協劇団の創立二十周年記念公演と銘打たれた、江馬修原作、脚色・演出・装置村山知義による『山の民』が、一九五四年（昭和二十九）三月、千駄ヶ谷の日本青年館で上演され、中村栄二は主役の五郎作を演じている。この芝居は私も観ているが、村山知義演出の群像場面処理の巧みさ以外、それほど強い印象を受けていない。無論ベテランの中村栄二が、かつて沢村貞子の夫君だったなど知るよしもなかった。
　『貝のうた』から、私は沢村貞子というひとりの「をんな」の生きていく姿を通して、「時代」の持つ恐ろしさ、厳しさ、残酷さを見せつけられたわけだが、打ちのめされるような思いをまったく感ずることなく、むしろ意外なくらい明るい世界を逍遥させてもらった気分がしている。書き手の醒めた冷静さの生み出す筆致によるもので、その自分を見つめる冷静さが、映画『氾濫』の一場面で見せた演技に実っていたのだと、いまにして思うのだ。

典子さんの私

（「悲劇喜劇」二〇一四年八月号）

あれが初対面と言えるかどうか。

新劇人がひとしく安保闘争の敗北感に苛まれていた一九六〇年の十一月、劇団七曜会がエーリッヒ・ケストナー『独裁者の学校』を高城淳一演出で上演し、舞台監督を私がつとめた。装置の高田一郎に紹介された緒方規矩子に衣装をお願いするべく、たしか大森辺にあったお宅を訪れ、通された居間で打ち合せなどしていた。玄関の扉の開く音がして誰かがはいってきた気配に、緒方さんはふりむきもせず、

「お帰り」

と声をかけ、居間の客をまったく無視して自分の部屋に入ったのを認めると、「民藝の松本典子」とだけ言った。

その時分、劇団民藝の舞台は割と沢山観ていたのだが、松本典子という名前に覚えはあっても、実際の舞台とは結びつかなかった。女優としての強烈な印象は、やはり六七年のアーノルド・ウェスカー『フォー・シーズン』まで待つことになる。渡辺浩子演出で、相手役は米倉斉加年だった。

それからしばらくして、演劇人のたまり場の態をなしていた四谷のFで、ひどく酔っぱらった松本典子とあい見えることになる。東宝にいた大河内豪と東京中日スポーツの宇佐見宜一にともなわれてやってきたのだが、なんでも有馬稲子が民藝を退団したとかで、有馬贔屓をもって任じていた大河内と宇佐見に、舞台女優としてのライバル意識をむき出しにしてからんでいた。あとにも先にも、あんな松本典子にお目にかかったことはなく、だから本当の初対面の取っつきは、あまりよくない。

八四年四月、PARCO西武劇場で上演された清水邦夫『タンゴ・冬の終わりに』のパンフレットに求められ、松本典子について書いた。短いので全文再録させていただく。

たとえば食べもののはなし、身につけるものの趣味、誰かの芝居、要するになんのことでもいい。何人かで、酒など前にしてとりとめもない話題に興じているとき、松本典子さんが、ふっと、

「わたし、ああいうの駄目なの……」

と、つぶやくことがある。こんなときの典子さんは、俄然輝やいて見える。はなやいで見える。ものごとを否定したり、拒否したりすることは、とてつもない勇気を必要とすることで、妥協を最良の便法とした楽な姿勢で世間づきあいしているだらしない身に、こういうのは多分に刺激的である。しかも、それが単なる自己主張ではなく、松本典子の女優としての鋭い美意識からきているのだから、頭がさがってしまうのだ。

松本典子の澄みきった演技の色彩は、さり気なく、しかも魅力的に、ものを拒否してのける天賦の才からきてるにちがいない。

九六年の七月だった。いずれも夫人同行の文藝春秋の編集者三人、品田雄吉、神吉拓郎夫人に、清水邦夫、松本典子夫妻も参加した一行十二人で、バリ島を訪れた。割に人見知りする松本典子が、顔ぶれをきいて「その人たちとなら是非に」と、むしろ清水邦夫よりも積極的だった。三泊四日の行程で島内観光したのだが、松本典子にはやはりケチャやバロンの素朴な演技が一段と興味ぶかかったようだ。食べることは好きだが、カロリーだの塩分だのに女優らしく人一倍気をつかっていた松本典子だが、清水邦夫の食事にも目を光らせて、滞在中も何度か「清水さん、そのへんでおやめなさい」とたしなめる一幕があって、それにまた清水邦夫が素直に従うという微笑ましい光景が一行を楽しませてくれたものである。

女優松本典子の特質をひと言で示すなら、「抑制」となろうか。つねに「私」を捨てている。いや、消していると言いなおしてもいい。

舞台で清水邦夫の詩的につきる言辞を、クールななかに独特の情感をひそませて口にする、このひと固有の演技術ばかりでなく、酒場での下世話な話題に加わっているときも、雀鬼阿佐田哲也（色川武大）を混じえ麻雀の卓を囲んでいるときも、稽古場を会場にした小さなパーティで、若い劇団員にこまかな指示を出しているときでも、いつもいつも「私」の見えない松本典子の姿があった。それが、つまり私の見えない、あるいは見せない私が、松本典子の私だった。

有馬稲子の一件で、大河内豪、宇佐見宜一相手の酔態は、松本典子が私たちに唯の一度だけ、はからずも見せてしまったほんとの私だったかもしれない。

新劇に殉じた個性　米倉斉加年さんを悼む

（「讀賣新聞」二〇一四年八月二十八日）

劇団民藝の俳優養成機関だった水品演劇研究所で学んだ同志と、劇団青芸を結成したのが米倉斉加年の演劇的出発である。もはや死語化していると言われる「新劇」が、これも古い言葉になるが「政治の季節」のただ中を漂っていた時代で、良くも悪くもそのことがこの俳優の個性をつくりあげた。

あの六〇年安保闘争で、既に米倉が中心になっていた青芸は、新劇人会議のなかで、現東京演劇アンサンブルの三期会と、反代々木的立場を明確にしていた双璧だった。それでいながら戦前派長老新劇人の術中にはまり、社共主導路線と歩みをともにする。新劇人がひとしく安保敗北の挫折感に苛（さいな）まれていた頃、米倉は福田善之、観世栄夫と手を組んだいくつかの仕事で、おのれの居場所を模索する。

米倉斉加年が劇団民藝に入団したのは一九六五年で、青芸が解散してほぼ全員が民藝に加入するよりひと足はやかった。民藝での米倉は宇野重吉に傾倒、一身にその薫陶を受けていた。旧青芸グループに積極的な協調姿勢を見せなかったことも含めて、これもひとつの政治的判断だったろう。

その宇野重吉が、癌との壮絶な闘いの果て一期を終えたのは八八年一月のことだが、遺体のはこばれた自宅にいちはやくかけつけている。

粘り気のある、かんでふくめるような台詞まわしが独特の人柄を感じさせ、映像の世界にもはやくから進出している。『男はつらいよ　寅次郎真実一路』のエリートサラリーマンに、役者ではない人間米倉の一面を見せられた思いがした。

晩年の森光子に気に入られ、彼女の代表作『放浪記』『おもろい女』では、舞台に文学的香気をただよわす役どころを、巧みに演じていた。政治と無縁でいられなかった時代の「新劇」に殉じた役者だった。同世代のすぐれた役者をまたひとり送って、胸が痛む。

V 来し方の……

噫(ああ)七十年

（「望星」二〇一五年十月号）

誰にでもあるはずの幼児体験の最初の記憶。木下順二さんは自分の生まれたときの様子を記憶していると、なにかに書いていらした。三島由紀夫にもそんなはなしがあったときいている。そんな生まれたときのものでこそないが、私の幼児体験の最初の記憶は、世の言いまわしの「夢かうつつか幻か」ではなく、すこぶる明色である。

それははなやかにつきる提灯行列の光景のなかに身を置いた祝祭体験で、色とりどりの提灯が夜の街なかをゆれ動き、澄みきった冬の空にとけこんでいくようだった。笛、太鼓を吹き鳴らす山車屋台の上での、おかめとひょっとこの滑稽な踊りが子供ごころをくすぐり、お目出たい気分にさせられた。大人たちが「南京陥落！」と唱和しているのを真似て、「ナンチンタンラク」と舌たらずに叫んでいたと、これはかなりあとになって親からきいた。

南京陥落。一九三七年十二月十三日。日本軍が中国の南京を占領した日で、私は二歳九ヶ月になっていた。無論大虐殺があったと知ったのは、日本敗戦後の成人してからだ。

ふりかえって見れば、私は銃後の少国民と呼ばれながら子供時代を過ごしたことになる。

いまはもう廃語になりかけている「銃後」と「少国民」を、愛用している三省堂の『新明解国語辞典』で引いてみた。「銃後」は、

〈〔戦場の後方の意〕直接戦闘に加わらないが、間接的に、なんらかの形で戦争に協力し、関係している一般国民。「――の守り」〉

とあり、「少国民」を、

〈次の時代をになう、少年・少女。〔おもに、第二次世界大戦中に国威発揚の一環として用いられた〕〉

と記している。

実際、子供の頃の記憶には戦争がついてまわって離れない。一九三一年九月に勃発した満洲事変は生まれる前だったが、満二歳だった三七年七月に日中戦争、そして国民学校に入学した四一年の師走に、当時は大東亜戦争と呼んだ太平洋戦争が始まった。ついでに記すが国民学校というのは、一九四一年に戦時体制に即応のため、小学校が改称された初等教育機関で、敗戦後の四七年に再び小学校に戻された。ちなみに三五年三月生まれの私は、その第一期の入学で最後の卒業生となり、小学校を知らない稀有な世代の一人なのだ。

裏千家の茶人だった祖母が、昭和のはじめに建てた代々木八幡の家で育った。隣家に宰相だった近衛文麿のお妾さんが住んでいて、時どき祖母にお茶を習っていた。だから私は学校にはいる前から、妾だの、お囲い者だの、二号さんといった言葉や、表札にある「寓」という文字の意味するだいたいのところを知っていた。あまり自慢になるはなしじゃない。新体制運動推進者の隣家訪問は

なんとなく気配でわかり、夏など開けはなった座敷の様子が庭ごしにうかがわれ、「ラジオの声とそっくりですね」と感嘆する女中を、「きき耳なんか立てるんじゃない」と祖母が叱っていたのを思い出す。

明治生まれの慶應ボーイだった父は、丸ビルにあった日本車輛東京本社に通う平凡なサラリーマンだった。会社帰りに寄った銀座のモロゾフのチョコレート、コロンバンのシュークリームなどを土産に買ってきて喜ばせてくれたが、戦争が始まるとそんなことも少なくなった。子供ごころにもショックだったのは、パン食が決まりだった日曜の朝の食事の紅茶が、黄色缶のリプトンから粗悪な紙箱入りの日東紅茶にかわり、角砂糖が姿を消したことだった。

さて、銃後の少国民の遊びだが、一番人気と言っていいべーごまが、軍用機増産のための金属献納にひっかかり、鉄製から陶製になってしまったのが悲しかった。手持ちの鉄製のべーごまは自主的に供出し、誰某は何個と教師が帳面に記録したものである。なかには持ごますべてを供出せずいくつか隠し持ってる悪少国民もいたが、教師も生徒も見て見ぬふりをしていたようだ。

金属回収は各地に点在していた銅像にも及び、出征と称する献納式が行なわれ、忽然とその姿を消すのが日常の光景になっていた。御茶ノ水と秋葉原の中間にあった万世橋駅前の、廣瀬中佐と杉野兵曹長の銅像ばかりはそれを免れ、敗戦後のいっときまで鎮座していたのは、日露戦争の軍神で国民学校の教科書にまで取りあげられた人物なのが配慮されたのだろう。銅像の献納で言えば、お馴染み渋谷駅前の忠犬ハチ公の像も献納されている。いまの忠犬ハチ公像が何代目になるのかつまびらかにしないが、敗戦で平和が訪れると早ばや復活されている。このときは忠犬ならぬ愛犬ハチ公だった。戦時色の濃い「忠」の字が嫌われたためで、時を待たずに元の忠犬に戻されている。なんでこんなことを憶えているかというと、渋谷区が区内の国民学校六年生に書かせた「愛犬ハチ公」の文字を碑に刻んだのだ。富谷国民学校六年生だった私も応募させられたが、無論採用されなかった。

なにしろ日本は神国だから、この戦争は絶対勝つと教えこまれ、それをまた頭から信じこんでいた銃後の少国民だったから、一九四一年十二月八日の真珠湾攻撃にはじまる緒戦の、赫赫（かくかく）たる戦果のほどを報じるラジオの大本営発表には、その興奮おさえ難いものがあった。なかでも四二年二月十五日、マレー半島上陸作戦を敢行していた山下奉文司令官が、英軍総司令官パーシバル中将と会談、降伏を確認しシンガポールを占領したとのニュースは国民を熱狂させた。シンガポールは昭南島と命名され、情報局はこれを「大東亜戦捷第一次祝賀」に指定。南方で獲得したゴム製品を特配した。国民学校一年生だった私も「戦捷第一次祝賀記念」と青く印字されたゴムボールの支給にあずかった。

テレビなんて考えもつかない時代とあって、たまの日曜親に連れていってもらう映画は、子供にとって唯一最高の娯楽だった。はなばなしい戦果にあやかった戦意昂揚映画が相次いで製作された。本邦初の長篇アニメーション映画といわれる『桃太郎の海鷲』は、昔ばなしの桃太郎が真珠湾攻撃に参加するというものだが、たしか総天然色と称したカラー作品ではなかったか。アニメなんて言葉は無論まだなくて、漫画映画と言っていた。

後援・陸軍省、製作・日本映画社の記録映画『マレー戦記』は、大勝ムードに酔っていた国民の支持を受け、六百万人の観客を動員している。私もそのひとりだった六百万人というのが、銃後の人口数のどの程度の割合を占めたものか定かではないが、教室の話題を独占していた記憶がある。この映画の圧巻は、山下奉文司令官が英軍総司令官パーシバル中将に、「イエスか、ノーか」と降伏を迫るシーンで、大評判になり子供たちのあいだに「イエスかノーかごっこ」なる遊びが流行した。パーシバル中将に見立てられた長身の悪餓鬼に、「イエスか、ノーか」と問いただし、「ノー」と答えようものなら、昭南島陥落記念に配給されたゴムボールを思いっきりぶつけるのだ。「イエス、ノー」は、私の最初に知った英語かもしれない。

岩波ブックレットの『年表　昭和史』によると、一九四四年六月三十日、「国民学校初等科児童の集団疎開」が閣議決定されている。六都府県四十万人が対象となり、親の負担は月十円と、これは別の資料に出ていた。ちょうどその時分、祖母と折り合いの悪かった父は、市川市の八幡にへちま柵のある小さな庭つきの家を借り、私たち親子はそこに移り住んだため、集団疎開の対象にならずにすんだわけだが、渋谷の富谷国民学校で同級だった生徒のほとんどが集団疎開に参加している。

戦争に敗けて、幸いなことに戦災を免れ、防空壕を掘ることをかたくなに拒んだ祖母のおかげで、築山などそなえた瀟洒な庭も以前のままにまったく無傷で焼け残った代々木八幡の実家に戻り、富谷国民学校に復学するのだが、集団疎開に参加した生徒のあいだに、疎開中の些細な体験が根にある確執が生じていたのを目にして、複雑な思いに襲われた。家恋しさに一年下の弟をともない脱走をはかった生徒がいて、その子は負い目を背負ったまま卒業していったように思う。

富谷国民学校の集団疎開に同行した校医が、疎開生活の光景をおさめていた八ミリフィルムが敗戦後になって発見され、当事者たちのインタビューも交えた「ドキュメンタリー富谷国民学校」として、一九六九年にNHKで放送されている。放送時に観られなかったこの番組を、最近になってDVDで観る機会を得たのだが、さすがにある感慨を覚えずにはいられなかった。若かった担任教師や、誰が誰やらわからないもののかすかに面影の残る級友たちのむかしにふれて、言いようのない懐かしさと裏腹に、無残な状況下を明るくけなげに振舞っている姿に、私たち少国民世代の、消すことのできない原点を見出したのである。

市川の家からは、月に何度か代々木八幡の実家を訪れるため、省線の本八幡駅から総武線に乗った。食糧事情は極端に悪く、実家訪問も弁当持参で、その弁当も配給された玄米を一升瓶に入れ、突っこんだ棒を上下させて糠除り(ぬかと)したもののにぎり飯はまだいい方だった。たいていは農林一号なる薩摩芋のふかしたもので、まだ熱いうちにつつんだものを持たされるのだが、冬の寒い時分には格好の懐炉がわりになった。こんな時期でも実家の祖母は、女中の故郷新潟からはこばせた白米の食事を欠かさなかった。

外出時には子供といえども、上衣の胸ポケットあたりに住所、氏名、生年月日、血液型を記した布片を縫いつけ、防空頭巾の携帯が義務づけられていた。縫いつけられた布片に記された私の血液型はO型で、たしか学校の教室に集められて耳朶から採血されたように覚えている。だから私はずっとO型人間だと思いこみ、血液型による性格診断なる記事など読んでも、それなりに納得するところが多かった。ところが二〇一〇年の五月、左肺尖末梢にステージAの早期癌が発見され、手術を受けるため築地の国立がんセンター中央病院に生まれて初めての入院をしたのだが、このときの血液検査ではなんとA型というではないか。七十五年間O型人間として過ごしてきた私の人生が無視されてしまったような気がしたと同時に、これからはA型人間らしく振舞うことを強いられるようで、妙な気分がしたものだ。

はなしを実家を訪ねる総武線に戻したい。たしか市川を過ぎたあたりに中央大学のプールがあって、「泳いでいる人のいないのを車窓から見て、秋を感じた」と綴方に書いて褒められたものだ。そんな緑の多い野外の風景が、江戸川の鉄橋を渡り、小岩、新小岩、平井、亀戸と民家の密集した殺風景なものに変っていくのが、子供の目にもなんとなく「人の暮しの姿」にうつった。その殺風景な家並みが、電車が錦糸町のホームにすべりこんだとたん、江東劇場と本所映画館、そっくり同じ建物二軒並んだ盛り場光景に一変するのに毎度毎度目を瞠(みは)った。盛り場といえば、屋上庭園で遊び、食堂でお子様ランチを食べるのを条件に、日本橋のデパートに連れて行かれた帰りに銀座に寄るくらいの山の手の子の目には、江東楽天地なる錦糸町駅前の盛り場が、はっきり下町という別世界にうつり、なんとなく妖し気で、魅惑的な空気がただよっているようで、胸が昂(たかぶ)った。だから実家訪問でのいちばんの楽しみは、車窓から錦糸町駅前の風景にふれることだった。

その日の総武線はひどい混みようだった。詰めこまれた大人たちにはさまれて、手にした薩摩芋の弁当が押しつぶされるのを懸命に防ぐばかりで、車外の光景どころか目にはいるのは汗くさい大人の国民服ばかりだ。そんな電車が錦糸町駅に着いて、降りるための大勢の乗客に押し流され、車窓のほうに近づいた。思わず、「あッ」と叫び声をあげていた。

それをさえぎるように母の手が素早く私の目をおさえ、「見るんじゃない」と小声でさとした。焼けただれむき出しになった鉄骨が、わずかに以前の形状をとどめた江東劇場と本所映画館を残して、一面瓦礫で埋めつくされている。まさに見渡すばかりの惨状で、瓦礫の隙間には無数の屍骸がまだ放置されていたにちがいない。所所に湯気のような薄煙がくすぶっていたようにも見えた、一九四五年三月十日の東京大空襲から数日後の惨憺たる情景で、満十歳になるやならずの身の、母に目をふさがれる前の一瞬目にしたこの地獄図が、私にとっての戦争というものの原風景となっている。

日本がポツダム宣言を受諾して、無条件降伏することのきまった一九四五年八月十五日。国民学校の五年生だった。天皇の詔勅を直接きいた記憶はなく、夏休中だったのに学校に集められ、校長が涙声で伝えたように覚えている。この八月十五日当日よりも、その後の数日間の世間の様相のほうが、鮮やかな記憶として私には残されている。ただただ狼狽する大人たちが嘆き悲しみ、ある者は泣きわめき（あんなに大勢の成人男子が涙を流す光景に、いらい七十年ふれたことがない）、あるいは悲憤慷慨して取乱すさまがなんとも滑稽に見えて、いっしょに泣くことがどうしてもできず、子供ごころにもなんとはなしの解放感にひたっていた。可愛い気のない子供だったと思う。

こんな虚脱感にうちひしがれていた大人たちが、ほんの何日かたつと「敗戦国民」と自嘲しながら、「東條が悪い」「いや天皇に責任がある」などと知った風な口をききながらも、貧しかったその日その日の暮しに立ちむかっているように見えた。実際子供ごころに実感したあの解放感はなんだったのだろう。連日になっていた空襲の恐怖から解きはなたれ、灯火管制と称して電球に黒布をかぶせる必要もなくなった。もっとも灯火管制は解除されても、停電のほうは連日だった。

戦争に敗けてからの毎日の空が、異様なくらい青く澄んでいるのを、驚きをもって見上げたものである。空ってこんなに青かったかという驚きで、思えば戦時中はしみじみ空を見上げることなどなかった。その青い空に、真黒な大小の紙片が舞いあがっているのが連日の光景だった。占領軍が来る前に、軍や役所が重要書類を焼いているのだと、大人にきいて知った。

敗戦がきっかけでふたたび代々木八幡の実家に戻ったわけだが、被災しなかったのは実家の周辺一角だけ僥倖としか言いようがない。山手通りには突きささったままの焼夷弾の信管が点在し、道端には焼けただれ、シートのスプリングがむき出しになった乗用車が放置されていて、悪餓鬼どもの格好の遊び道具になっていた。その山手通りも、時たま疾走する占領軍のジープを見かけるくらいで、荷馬車以外に車の往来など滅多になかったから、直径のちがった円型のスポンジをゴム糊ではり合わせた粗悪なボールを用いた三角ベースに興じたものである。なにしろ周囲一帯焼跡だらけとあって、遊び場所にはこと欠かなかった。子供の足でも十分とかからない距離に、いま代々木公園になっている練兵場があって、設置されたままの高射砲の、ハンドルを回転させることで左右に砲筒が動くのが面白く、日の暮れるまで遊んだものである。

一九四五年の師走。戦犯に指名された公爵近衛文麿が出頭前夜に服毒自殺をとげ、隣家のお妾さんも姿を消した。なんでも「わかもと」の家作だったという隣家に、戦災で家を焼かれた長谷川一夫が一族郎党引き連れ、引越してきた。占領軍に得意のチャンバラを禁じられ、失意のはずなのに颯爽たる二枚目ぶりは健在だった。たまたま家の前の道路でキャッチボールをしていて、私のそらしたボールを通りかかった長谷川一夫がひろってくれた。「健康ボールを使ってるのね」とつぶやきながら投げかえしてくれたのだが、学校で「長谷川一夫とキャッチボールをした」と自慢したらば、「嘘だろう」と一笑にふされたのがくやしかった。長谷川家で交される挨拶語で、

「おつかれさま」

というのも初めてきいた。いまでこそ一般社会でも立派に通用している「おつかれさま」だが、もともと花柳界、藝界、水商売の世界で使われた言葉で、山の手の生活圏で耳にする機会はまずなかった。

ご多分にもれることなく、初めてのチューインガムなるものを口にしたのも、戦争に敗けてからである。さすがに「ギブミー・ア・チューインガム」などと米兵からせしめるようなことはしなかったが、子供たちのそんな行為が顰蹙を買っていたのは知っていた。缶詰、石鹼、煙草などといっしょにハーシーのチョコレート、リグレイのチューインガムなど占領軍物資をたずさえた闇屋の兄ちゃんがわが家にやってきたとき、親にせがんで買ってもらった。チョコレートよりも、口にしたことのないチューインガムのほうがほしかった。

いつの時代にも、子供というものは思いもつかない知恵を発揮してのけるが、容易には手にはいらないチューインガムのかわりに、二十粒ほどの小麦を口にほうりこみ嚙みつづけていると、粘り気のある白いかたまりと化してくる。そのかたまりに歯みがき粉をまぶしつけ、ふたたび口に入れるのだ。戦時中姿を消してしまったチューブ入りのかわりに、もっぱら袋入りの粉歯みがきを使っていたものだ。それにしても小麦を嚙みつづけるとガム状になるメカニズムが、いまだによくわか

らない。

いまにして思えば、あれも子供にとっての冒険だったが、クラスの悪童数人連れだって渋谷駅前の闇市までチューインガムを買いに出かけたことがある。木炭バスが初台・渋谷間を往復していたが、ただでさえ乏しい手持の小遣い銭で、お目当てのチューインガムが買えるかどうかもわからず、バス代倹約して歩いたが、子供にとって渋谷まで二キロほどの道のり、どうということはなかった。いまのNHK放送センターは、その時分衛戍(えいじゅ)監獄のあったところで、こげ茶色の見上げるほどの高いコンクリート塀にかこまれた監獄は偉容というより異様で、不気味だった。二・二六事件の処刑の銃声が家まできこえてきたと大人たちがはなしていたのをみんなきいていたから、二・二六事件のなんたるかを定かには知らない子供の足が自然とはやまるのだった。

雑踏をきわめる闇市のなかにまぎれこんだ子供にむかって、米軍放出品らしい白いマフラーを巻きつけた兄ちゃん風が、「チョコレートかい、ガムかい」とはなしかけてきた。チューインガムがほしいと伝えると、大きなポケットから「ほれッ」と取り出したものを見て、みんな一瞬たじろいだ。見なれた板状ガムの包装とはまるでちがう薄い紙製のケースなのだ。不審気なみんなの様子を見てとった闇市の兄ちゃんは、ケースから板状ではない糖衣のものを取り出すと、二粒ほど口に入れて噛み出した。口元から甘い香りがただよって、チューインガムには板状だけでなく、糖衣のものもあることを教えられたのである。

七十年前の子供たちがどんなものを食べ、どんな遊びをしていたのか、思い出してみるにつけ、昨今の暖衣飽食に馴らされ、ゲームに夢中の子供たちには、信じ難いことばかりだろう。七十年ぶりに再体験してみようなどと、ふと考えないでもないのだが、貧しい時代の再現は、逆に贅沢なことのようにも思える。

笑いの飢餓を一気に充足させた、庶民の娯楽

（「東京人」二〇一六年九月号）

この国の敗戦に、十歳の国民学校五年生で遭遇した私が、子どもごころにも解放感にひたった最初は、やはり『東京五人男』だ。一九四五年十二月二十七日封切の敗戦後最初のお正月映画で、タイトルロールの五人男は、古川ロッパ、横山エンタツ、花菱アチャコ、柳家権太楼、石田一松で、監督斎藤寅次郎の東宝作品。

この映画、「GHQの指導に従って企画された第一号」と『東宝五十年史』は記しているが、色川武大によれば、実際は敗色濃い時期に戦意昂揚の目的で撮り始めていたのを、それらしく手直ししたものだという。こうした臨機応変の処置に、斎藤寅次郎というひとは無類の才を発揮したと言われる。

その時分「東横」と称していた渋谷東急デパート旧館の、三階だったか四階だったかに急ごしらえの小劇場、映画館がひしめいていた。隣の館との仕切りがされているだけの、お祭りに出ている見世物小屋めいた映画館で、超満員につめこまれた大人たちのあいだに、とにかく首だけ突っ込んで、その大人たちと一緒に笑いに笑った『東京五人男』だった。

振り返ってみて、なんであれだけ大笑いしたのか不思議なほどよく笑った。大口あけて笑いころげている大人たちにつられるように笑っていたのだが、戦争のあいだ笑うことに対して一種の飢餓状態にあったのが、敗戦のもたらした解放感で一気に充足したため、あのような爆発的な笑いを生じさせたに相違ない。それだけ笑っておきながら、映画の細部に関してはほとんど覚えていない。わずかに古川ロッパがドラム缶の風呂につかりながら、

〽お殿さまでも家来でも　風呂へはいるときゃみなはだか……

という場面、満員すしづめの買い出し列車内の場面、もうひとつ、勲章ぶらさげたモーニング姿で肥桶かついでいる高勢實乘の闇成金の農民などが記憶に残されてるくらいだ。

子どもだったが子どもなりに、あの『東京五人男』という映画にむかいあったとき、周囲の大人たちと、「笑いの飢餓から一気の充足」といった画期的な変革の時代を共有できたのだと思う。『東京五人男』が発散してみせた「笑い」は、日本人にとって未曽有の敗戦体験後の初のお正月映画という、きわめて短い、それも極限的な状況のなかで起爆した一瞬の輝きだったのだ。再体験を許さぬ厳しさを有した、その本質とは真逆な「笑い」のなかに、満十歳と九ヶ月で身を置けたのを、僥倖だったといまにして思う。

戦後の六・三・三制教育体系改革の第一期生として、一九四七年四月私立の麻布中学に入学した。東京の戦災からの復興もままならぬ時代で、昼休み時間屋上にあがると、点在する廃墟が東京湾まで拡がって、勝鬨橋が開閉するのがのぞめた。あの橋が跳開したのを覚えている人も少なくなった。

教育制度改変期とあって、旧制の中学を五年で卒業したものの大学入学を一年後にひかえた先輩連中のために、三階の物理教室が開放されていた。フランキー堺、小沢昭一、加藤武、内藤法美、大西信行、仲谷昇なんて面面がたむろしていた。

「あまりあの教室には近づかないように」

と担任教師は訓示をたれたが、入学早々の五月に開催された文化祭を実際に取り仕切るのは、彼ら物理教室の先輩連中だった。

それにしてもあの文化祭で彼らが演じた余興の面白さ。いまだに忘れかねている。落語、漫才、声帯模写、ラジオ（といってNHK一局しかなかった）の人気番組「二十の扉」や「話の泉」のパロディ、大芝居「らくだの馬さん」などなど。いずれも学生の手すさびの域をはるかにこえるもので、私がいま芝居をはじめ周辺諸藝の評論などで餬口をしのいでいるのは、はっきり言うが彼ら先輩から受けた影響によるものだ。

麻布中学に入ったことで、下町から登校してくる友だちができたわけだが、東京は東京でも山の手しか知らずに育った私にとって、彼ら下町っ子は目から鱗が落ちるような刺激を与えてくれた。まずは身装（なり）かたち。通学用の肩鞄をたすき状にかける山の手組に対し、下町っ子はみんなショルダーバッグ風に片方の肩に引っかける。夏になってワイシャツ姿での登校が許されると、いちばん上のボタンははずしたほうが格好いいことを教えてくれたのも下町っ子だった。そんなことより彼らは子どもの時分から親に連れられ、芝居や寄席、大相撲から洲崎球場の職業野球まで観戦していたことは、せいぜいエノケンやロッパ、ときに『西住戰車長傳』なんて戦意昂揚映画を観せられた程度で、娯楽といえばラジオだけだった山の手っ子としては、羨ましいより驚きで、その驚きが憧れにかわるのに、さしたる時間はかからなかった。

そんな下町育ちの手引きで、放課後の肩鞄さげたまんまの格好で映画館、劇場から寄席の木戸をくぐるような悪さまで指南された。その時分の寄席にはまだ、紳士貴顕は近づかないような雰囲気が残されていたのである。世のため人のために額に汗することに最初から背を向けているような人か、余暇をもてあました老人、玄人筋のご婦人、そんな人たちだけが目につく薄暗い寄席の客席に、友だち連れとはいえ学生服の中学生が足踏み入れるにはかなりの勇気を必要とした。

有楽町駅前の、デパートやシネコンの内蔵されたマリオンのある場所には、陸の竜宮の異称で知られた日本劇場、日劇が偉容を誇っていた。その頃の日劇は「映画と実演」の二本立興行で売っていた。その実演の花はなんといっても日劇ダンシングチームだった。福田富子、荒川和子、大島由紀子、倉本春枝などが妍を競い、重山規子や谷さゆりがそれを追っていた時代で、お目当ては谷さゆり。可憐さが持味のいいダンサーだったのに、あっというまに麻布の先輩フランキー堺と結婚、引退してしまった。

日劇は本舞台と客席最前列前のエプロンステージのあいだにオーケストラボックスがあって、演奏は後藤博とデキシーランダースが常時出演していた。指揮者でトランペットを吹いていた後藤博には、なんとなくゲイリー・クーパーの風情があって格好よく、客席の最前列を占めていた私たち不良中学生にはいささかまぶしくうつった。最前列に陣取ったのにはわけがある。ショーのなかば、エプロンステージで脚高くあげてる踊り子目がけて、かくし持ったるゴム製玩具の水鉄砲で一斉射撃に及ぶのだ。オーケストラボックスで指揮棒振ってる後藤博の目には当然うつってる光景で、ほんとだったら睨みつけなければならないのに、こころなしか「もっとやれ、もっとやれ」とけしかけるようなしぐさであおるのだ。酒とヒロポンと博奕がもとで日劇を首になり、トランペット一本手に、米軍キャンプやキャバレーを、北へ北へと渡り歩いて、最果ての地稚内でさびしく死んだときいている。

中学入学と同時に映画研究部に入部している。上級に新東宝で監督になった山際永三、山本安英のぶどうの会の演出部に入った和泉二郎、一年上に「映画評論」に入社する佐藤重臣などがいて「ソフトフォーカス」なるガリ版刷の機関紙を出していた。新米部員の私の仕事はもっぱら映画館の広告取り。広告代は招待券というケースが多く、それを利用して新宿、渋谷、銀座、有楽町、築地、人形町、神田と都内の映画館巡礼にはげむのだ。ただ浅草ばかりはストリップ全盛の時代とあって、煽情的で俗悪な絵看板は、鞄提げた中学生には少しばかし刺激が強すぎました。

「お前は学校の帰りに映画館に寄るんじゃなくて、映画館に行く前に学校に寄るんだ」と担任教師に指摘された悪癖は、併設された高校をなんとか卒業させてもらうまで治らなかった。

本懐とげる『男の花道』——講釈、映画、そして舞台（明治座パンフレット　二〇一五年五月）

顔ににきびなどこさえた不良中学生時代から入り浸っていた寄席だが、講釈つまりは講談専門の釈場と呼ばれる上野・本牧亭の存在を知ったのは、受けた大学全部落ちて、遊ぶ時間だけはたっぷりあった一九五三年のことだ。

昼下りの、老人客ばかし目の子勘定できるくらいの畳敷き客席の一隅に、そんな老人客の意地悪い視線を感じながら、これまた老人の多かった講釈師の高座にふれるのが、窃かなる娯しみになって通いつめたものである。講釈師と言えば落語中心の寄席にも顔を出し、しばしばラジオに出演していた五代目宝井馬琴、七代目一龍斎貞山、五代目一龍斎貞丈、それに今泉良夫の名でタレント活動していた一龍斎貞鳳くらいしか知らなかったから、本牧亭の高座で聴いた邑井貞吉、二代目神田松鯉、服部伸、五代目小金井芦州、桃川如燕だった五代目神田伯山、活弁あがりの宝井琴窓などの、衒（てら）うところのまるでない、俗気を離れた老練な読みの虜になってしまった。老成願望の強いなんとも嫌味な若者だったと、いつの間にか彼ら老講釈師とそこそこ同じ年代になってしまったいま、忸怩たる思いを感じないものでもない。

そんな本牧亭に一龍斎貞丈が出演したのに出会(でくわ)している。売れっ子講釈師は滅多なことでは本牧亭に出ないと思っていたのだが、いま調べてみると、貞丈はその時分から毎月一度は本牧亭で新作の発表会を開いていたらしい。このときは、その月一回の新作発表会ではなく、定席番組に飛び入りのかたちで出演したような印象を受けた。

この日貞丈の演じたのが『男の花道』だった。無論、聴いたのは初めてだった。初めてだったが、『男の花道』が戦前戦中の人気講釈師大島伯鶴の十八番であるのは知っていた。一九四一年、長谷川一夫と古川ロッパで、マキノ雅弘(当時正博)監督によって映画化され、評判になったことも知っていた。知っていたが、古川ロッパ主演で映画化された以上『男の花道』は喜劇だとばっかり思いこんでいた。十八番にしていた大島伯鶴がユーモアあふれた読み口で人気のあったことも、そう思いこんだ理由のひとつかも知れない。

だから江戸末期の名医土生玄碩に、失明寸前の眼を治された女方三世加賀屋歌右衛門が、恩人の窮地を救うという男の友情ものがたりだったのが、正直言って意外だった。『古川ロッパ昭和日記』「戦中篇」(晶文社)によると、当初『誓の花道』と予定されていた題名が、撮影入り三日前に『男の花道』に変更されたという。『誓の花道』ではあれほどの評判は得られなかったろう。講談では『名医と名優』の題とは、あとになって知った。どういうわけか、このはなしを貞丈で聴く前から、シーボルト事件で改易、財産没収された土生玄碩の名は知っていた。

映画で大当りした『男の花道』は、土生玄碩を演じた古川ロッパによっていち早く舞台化されている。一九四二年八月、大阪北野劇場で、小國英雄原作、田村真脚色、菊田一夫演出だった。

長谷川一夫にとっても三世加賀屋歌右衛門を演じた『男の花道』は、特別の思いがあったようだ。ロッパに遅れること二十年になる六二年一月、大阪新歌舞伎座で劇化上演を実現させている。脚本は巌谷槇一で評判の映画を観てなかった巌谷は、撮影のため京都滞在中の長谷川一夫の宿におもむき、微に入り細にわたった注文をつけられている。新歌舞伎座のあと、五月東京宝塚劇場、さらに北海道巡演、名古屋御園座と上演をかさね、土生玄碩は市川猿之助（初代猿翁）、大矢市次郎、柳永二郎、曾我廼家明蝶がつとめている。

初代中村鴈治郎門下であることが役者としての出自の長谷川一夫にとって、長唄や踊りの会に特別出演する機会しかなかった歌舞伎座の檜舞台を踏むことは大きな夢だった。それだけに一九六八年の「歌舞伎座初出演　長谷川一夫　中村勘三郎（十七代目）三月顔合せ興行」と看板かかげた歌舞伎座の三月興行は、その上演演目のタイトルどおり、長谷川一夫にとって本懐とげた、まさに『男の花道』だったのだ。

新劇に目覚めた場

（「民藝の仲間」二〇一七年十二月）

いま東京に、いったいいくつの劇場が存在してるのか、くわしく勘定したことないのだが、一九三五年生まれの私より年上の劇場は、一九二七年に三越ホールの名で開場した三越劇場（一九四六年に改称）ただひとつだ。

初めて三越劇場に足踏み入れたのは、「三越名人会」で八代目桂文樂の至藝に感嘆したときか、千田是也のジャンに鳥肌のたった俳優座の『令嬢ジュリー』のどちらかだから、いずれにしても一九四九年前後で、私立の中学から併設された高校に進学した時分だ。ほかの劇場では見られない、大理石とステンドグラスにかこまれた格調高い空間に魅せられて、すぐに乏しい小遣いをやりくり、ときには家の金を持ち出しての三越劇場通いが始まる。

放課後、肩鞄を提げたまま映画館や寄席をのぞき、日本劇場のレビューにもぐりこむなどしていた不良少年が、三越劇場に行くときばかりはいったん帰宅して、学生服を脱ぎ親父のジャケット引っかけるのだ。大人の世界の三越劇場に学生服は似合わない。大人の世界と言えば、敗戦直後の治安は悪化し、道徳の地に墜ちた混乱期、三越劇場ばかりは休憩時間に荷物を座席に置いたままロビーに出ても安心だったと、安藤鶴夫がなにかに書いていた。

新劇が劇場難にあえいでいた時期、三越劇場は新劇にとって唯一の殿堂だった。だから私は、千田是也も、滝澤修も、宇野重吉も、芥川比呂志も、田村秋子も、東山千栄子も、山本安英も、杉村春子も、みんな三越劇場の舞台で初めてふれている。文学座、俳優座、民藝の三劇団が、新劇御三家と呼ばれる地位を固めたのも三越劇場だった。

宇野重吉という役者を知ったのは、舞台よりも映画のほうがほんのちょっと早かった。一九五〇年の松竹映画に、富田常雄原作・新藤兼人脚本・中村登監督の『春の潮』というのがあった。高峰三枝子と若原雅夫主演の恋愛映画だが、原作者の趣味だろう競馬のシーンがあって、レンズに傷のある双眼鏡を使っている競馬記者を宇野重吉が演っていたのだ。ぼさぼさ髪の愛敬あふれた表情に、新しいタイプの二枚目を感じたものである。

五一年三月三越劇場の民藝公演、武者小路実篤『その妹』は、民藝という劇団との初対面で、宇野重吉と、映画では何度も観ていた滝澤修の舞台にふれた最初だった。志賀直哉ら白樺派作家を愛読していたから、作者に対する興味から出かけたような気がする。宝塚に入れ揚げていた伯母からさんざきかされていた、その妹静子の小夜福子に意外なくらい派手なところがなく、しごく真っ当な女優であるのに惹かれて、すぐファンになってしまった。ほんの一場面だけに出てきた清水将夫の古本屋に、なんとなく文学青年くずれの風情があって、傍役の大切さを教えられたものである。

宇野重吉の最後の舞台も三越劇場だった。一九八七年十二月、武者小路実篤『馬鹿一の夢』で、奇しくも初めてこの劇場で宇野重吉を観たのと同じ作者の作品だ。このときすでに宇野重吉の身体は、病魔に冒されていたのだ。

この民藝公演は、それぞれ一幕物の有島武郎『御柱』、小山内薫『息子』のあいだに『馬鹿一の夢』がはさまった、この国の近代演劇名作三本立だった。招待日だった初日九日の舞台を観ていたのだが、完売で補助椅子の出ている千秋楽に「ぜひもう一度」という劇団の好意に甘えることにした。初日よりなお一層やつれた宇野重吉は、正直正視するのにしのびなかったが、新聞報道の常套句である「鬼気せまる」感じはまったくなく、むしろ飄飄とお芝居を楽しんでいるかに見せたあたりがさすがである。

『息子』が終ってロビーに出たら、民藝の制作部のひとに「舞台裏で千秋楽の乾杯をするので出てくれ」と言われた。ふだんは楽屋をのぞくことを自分に禁じているのだが、この日ばかりは素直に応じた。宇野重吉と顔があったら「よくなって、またゴルフをしましょう」と言うつもりだった。ごったがえす舞台裏の長椅子に、まだ衣裳をつけたままの滝澤修とならんで腰を沈めていた宇野重吉は、放心したような表情をしていたが、そのなかにひとつの仕事をなし終えた安心感がうかがわれた。近づいていった私を認めて、にっこりと笑顔をうかべてくれたが、私はただ「おつかれさまでした」と頭をさげるしかなかった。

（『日本近代文学館　館報』二〇一五年三月十五日）

三度のおつとめ

自分で勝手に師ときめた戸板康二から、

「これは僕よりも君が持っていたほうが役に立つと思うから」

と、雑誌「新演藝」の揃い十五冊を頂戴したのは、確か一九七二年で、先生が仕事場に利用していた赤坂のホテル・ニュージャパンだった。

「新演藝」は、敗戦後出版の自由を旗印に活字飢餓の需要に応ずべく、用紙事情のきびしいなか創刊の相次いだ新雑誌のひとつで、一九四六年九月に第一号を出している。A5判四十八頁の寄席演藝研究専門誌だ。「創刊號」の定価は「四圓五拾錢」とある。「毎月一回發行」と明記されているが、実際は不定期で四九年五月に出た第十五号が最終号になっている。「編輯兼發行人　石井俊夫　發行所　光友社」は十五号を通じて変らないが、定価のほうは四円五十銭は二号までで、以後六円、八円、十五円、二十円、三十円、三十五円、四十円、三十頁に減じた十三、十四号は三十円で、旧に復した十五号は五十円と、戦後の悪性インフレを反映して、四年で十倍と値上りしている。ちなみに同期間の白米二キロの値段は、二十円十一銭から三百九十三円と二十倍近く高騰している。最終号となった「新演藝」第十五号だが、終刊を告げる記事はなく、「原稿募集規定」や「本誌の豫約御購讀について」が記載されていることからも、続刊が予定されていたものと思われる。

仮にも演藝評論家などと呼ばれていた身といたしましては「新演藝」は座右に置いておきたい一級資料だった。落語関係の書籍をよく集めていた古書店、日暮里の鶉屋や神保町の古賀書店などで、ばら売りされていた「四代目柳家小さん特集」の第八号をふくめ数冊を手に入れていたが、全巻揃いはこれらの書店でもお目にかかることができなかった。浅草東映のならびの二階にあった、たしか共立書店といった古書店に割に安い値段で揃いが出てたと知人にきいて、すぐに駈けつけたのだが、「昨日売れた」とちゃんちゃんこ着た白髪の店主に言われて、口惜しい思いをしたものだ。それだけに、思いもかけない師からの贈物はほんとうに有難たかった。

あらためて全十五冊に目を通して、久保田万太郎、鶯亭金升、長谷川伸、安藤鶴夫、正岡容、村松梢風、渥美清太郎、山手樹一郎、徳川無聲などなど執筆陣の多彩な顔ぶれに目を見はる。まだ蝶花樓馬樂時代の八代目林家正藏（彦六）の口演で知られた村上元三の『さみだれ坊主』が創刊号に載っている。一九四八年四月の第九号所載、新作大阪落語『莨道成寺』の作者中川清は桂米朝の本名である。正岡容門下の江戸文学研究の学徒だった時代の作品で、この年四代目桂米團治に入門して落語家としてのスタートを切るのだ。

戸板康二が「新演藝」に寄せた原稿が一篇あって、「寄席觀客論その他」が四八年八月第十一号の巻頭をかざっている。師の三十三歳時で、旧漢字による歴史的仮名遣いの格調高い論調が展開されている。寄席の高座とは別に客席にも人生があったとして、昨今の客は笑いすぎるという、こんにちにも通じる指摘もさることながら、落語の題名はあくまで「隠語的」で「仲間の通言」だから、はなしの内容を規定するものではないとして、放送番組にあっては、

聴取者に對しては「次は文樂さんのはなしです」でいいのだと思ふ。

としているのはまさに卓見で、目から鱗の落ちる思いがした。

一九七三年の六月に毎日新聞の高野正雄記者から学藝欄に随筆を依頼され、「落語は物語を捨てられるか」という文章を寄せたのだが、なにをかくそう戸板康二が「新演藝」に書いた「寄席觀客論その他」に刺激されてのものだった。

私の「落語は物語を捨てられるか」は、毎日新聞に掲載された十八年後の一九九一年に、小沢昭一さんの新しい芸能研究室が、演藝、演劇関係のエッセイ集を刊行してくれることになり、巻頭におさめて書名にした。さらにそれから十六年たった二〇〇七年に、河出書房新社が『志ん生の右手』と改題して河出文庫にしてくれた。一つの文章が二度ならず三度のおつとめを果した例は私にはそうなく、これも戸板康二先生のおかげなのである。

妻のいない日日

（「新潮45」二〇一六年八月号）

妻が旅立って、八ヶ月になる。

一人暮しに馴れましたかと訊ねられることが多いが、正直馴れたとも、馴れないとも言い難ねている。馴れる馴れないにかかわらず、ひとりで取る朝食のために費す時間だけは、真底勿体ないと思う。常時服用しなければならない薬剤を、数回に分けることなく朝食後にまとめてのむよう調剤してもらっているので、朝食は欠かせない。

たまに米飯を炊くこともあるが、殆んどがパン食で、それに目玉焼にサラダ、シリアル、珈琲が加わる簡単なものだ。それでも用意して、食べて、薬をのみ、食器を洗い、棚に収めるまでほぼ二時間を費す。

夜は絶対に仕事をしないときめて、既に五十年になる私にとって、午前中の二時間はすこぶる貴重で、原稿の二、三枚は書ける時間だ。しかも圧倒的にマチネのふえた当節演劇事情のおかげで、まったく仕事をすることなく劇場に出かけなければならない日が増えて、いまさらながら家内の有難さが身にしみる。

妻が身体の不調を訴え、ステージ4の胆囊癌で肝、リンパ節転移も認められると、都立駒込病院で診断されたのは昨年三月だったが、爾来通院は無論、外出やふだんの買物にも出来得る限り付きそうようつとめた。

この療養中、シアターイースト『蜜柑とユウウツ』、三越劇場『十三夜』、帝国劇場『エリザベート』と三本の観劇をともにしている。観劇は読書とともに彼女の趣味で、いつもは友人と一緒かひとりで出かけていた。年に二百本からの芝居を仕事で観ている私は、妻と並んで劇場の椅子に坐ったことが、まったくと言っていいほどなかった。だいたい私の仕事に関しては一切口をはさむことがなく、相当の読書家でありながら、私の書いたものについては誤植を指摘するくらいで、他人の著作のように感想を述べることもなかった。そんなわけで、ともに暮した五十年をこす時間のなかで稀有な例となった妻との観劇では、ほんとに無心で舞台を楽しんでいる自分に気がついて、乏しい小遣いやりくって好きな芝居を追いかけていた学生時代を思い出させてくれたものである。

妻と私は同い年齢だった。早生まれの私のほうが学年は一年上だ。平均寿命の男女差から考えても、当然私が先に逝くものと思っていた。思っていたというより、そうきめていた。一九六九年に、男性のみ十二人でスタートした東京やなぎ句会の句友のなかでも、奥さんに先立たれたのは、永六輔、加藤武の両氏だけだ。

それでなくても身勝手につきる気儘な暮しで、ひとに迷惑をかけ通してきたとあって、俺が死んだら葬式はしないで、生前手続してある配偶者もはいれる日本文藝家協会の文學者之墓に納骨するよう妻に頼んで、妻もそれを了承していた。先人の例にならって、死亡通知もあらかじめ用意しておくつもりだったが、そんな目論見も一瞬にして捨てさせられた、妻への末期癌告知だった。妻が動揺することなく淡淡とこれを受け入れたのが、私にはしごくつらくて、やるせなかった。

当人には伝えることなく、息子夫婦に孫、私の家族四人だけが認識していた六ヶ月という余命の期間は、言ってみればそうならざるを得ない一人暮しの準備のための時間だった。通院してる頃は、買物や食事の支度など、ある意味では楽しくもあったが、旅立つまでの三十三日間を過ごした再度の入院中は、前回入院中ある程度口にしていた食事を、ほとんど取らなくなった。見舞いに顔を出す前にデパートの食料品売場に立寄り、病人の希望する食べ物や果物をとどけたおかげで、ちょっとしたデパ地下通になってしまった。

仕事帰り顔を出した息子夫妻に、ときには孫も加わって、見舞い帰りにJR田端駅付近の居酒屋やレストランで食事するのがならいになった。翌日、その様子などを病床に伝えるのだが、話題になったプロ野球の動向（ちなみにわが家は一家そろってパ・リーグ贔屓）など喜んできいていた。もとより核家族。居職とは言え、外出のすこぶる多い私とあって、世に言う一家団欒の機会にはあまり恵まれてなかったかもしれない。

いわゆる3DKのわが家で、妻は自分の部屋を自分なりに居心地よいものにかざりたてていた。自作の和紙人形、手拭をコラージュした額縁、私とちがってきれいに整頓された本棚、ワープロがわりに使用していた私は手もふれたことのないパソコンなどなど。彼女の存在そのものの私室だ。自分がいなくなったら、あの部屋は不要になるから、同じ集合住宅内の部屋数の少ない、つまりはいくらか家賃の安いところに移るようすすめられたことがある。二十年以上前、家賃を滞納して、裁判所で和解手続をしたのが、記憶から去ってなかったのだろう。

「いやだ、それだけはしない」

もとより終の栖、同じ建物であっても引越しは二度としないと告げると、「そう」とだけ答えたが、なんとなく安心したような風情がうかがわれた。

息子の妻が時どき入れかえてくれる花を前に、まだ納めてないお骨と、黒いリボンで飾られた遺影が新たに加えられたその部屋、電灯を終日つけぱなしにしている。

妻がいなくなって、帰宅時間が早くなった。こればかりは想定外で、理由はまったくわからない。同業の友人で、二度の結婚と離婚を体験してる男がやはりそうだったという。待ってる人がいなくて、急いで帰宅する理由がなにひとつないのに、家が恋しいという。

そんなわけで、食事は自分でつくるから、必然的にスーパーでの買物が多くなる。気がつけば高齢男性の姿が多く目につき、彼も私と同様の立場かと思うと、その買物の品物がなんとなく気になったりするのだ。

レジで精算して、買った品物をおさめるべく、あの化学製品のかなりの重量に耐える袋を開くのだが、あの開け方にはちょっとしたコツがあり、そのコツも会得した。いちばん頭を悩ますのが、長葱のおさめ方。袋から首を出している姿が、野暮というよりみじめな感じがしてならない。近頃はまっぷたつに折りまげておさめている。

そんなわけで、外食は仕事でのそれ以外、月に一度休日に千葉から訪ねてくれる家族でのものがほとんどだが、これには気分の上で妻も同席してるのだ。
いずれにしても私に残された一人暮しの時間、どう過ごしていくべきか。手本のたすけにもなるかと、妻に先立たれた先輩の、城山三郎さんや川本三郎さんの著書を再読しようと思ったり、一九九四年の六月六十五歳で逝った神吉拓郎さんの理想の老後像、
一日二枚ノ原稿ヲ書キ
イツモ静カニ笑ッテイル
が頭をよぎったりしてるのだが。

あとがき

本文中にも書いたことだが、私は自分の文章に元号表記を避けて、西洋暦を用いている。二〇一四年五月に岩波書店から刊行した、『昭和の演藝二〇講』だけは、この書のテーマに鑑み、特例として昭和を使った。

特例として気がついたのだが、私の半世紀をこす物書き渡世で、筆にしてきた事蹟、取りあげた人物、そのほとんどが昭和元号で示される時代に密着して離れない。そして私自身、良くも悪くも、昭和という時代に生かされて、あらゆる経験則もそこから逃れられないのを自覚させられた。

新元号が令和となって以来、世間ではさしたる意味もなくこの元号を濫用している。ことの是非に関係なくこうした現象は、いやでも私の仕事と来し方には、昭和がついてまわって離れないことを、あらためて教えられるのだ。

新しいエッセイ集のタイトルを『昭和も遠くなりにけり』とした理由は、こんな気持からである。

各項の頭に初出時を記したのは、文中に出てくる時系列、事柄などに加筆訂正していないからだ。またこの種のエッセイ集でなかなか避けられない重複が少なくないことには、御海容を願うばかりだ。

初出時に面倒をおかけした、「日本経済新聞」内田洋一、「毎日新聞」濱田元子、「讀賣新聞」塩崎淳一郎、森重達裕、「共同通信」秋山衆一、「新潮'45」風元正の諸氏に厚く御礼申しあげます。
そしてこのエッセイ集をつくって下さった、いまや私にとっていちばん古いつきあいになる編集者和氣元氏に、満腔の謝意をささげます。私の駈け出し時代から、多くの有益な示唆を与えてくれたおかげで出来た著書は何冊になるだろう。これからも仕事と酒のつきあいのつづく、私にとって無二の編集者なのである。

二〇一九年　蟋蟀居壁

矢野誠一

（編集＝耕書堂）

著者略歴

一九三五年東京生まれ。文化学院卒。
芸能・演劇評論家。菊田一夫演劇賞、
読売演劇大賞選考委員。
第10回大衆文学研究賞（一九九六年）、
第14回スポニチ文化芸術大賞優秀賞
（二〇〇六年）

主要著書
『志ん生のいる風景』（青蛙房）、『女興行師吉本せい』（中央公論社）、『落語手帳』（講談社）、『エノケン・ロッパの時代』（岩波新書）、『二枚目の疵長谷川一夫の春夏秋冬』（文藝春秋）、『落語のこと少し』（岩波書店）、『ぜんぶ落語の話』（白水社）等。

主要編著
『都新聞藝能資料集成』（大正編　昭和編上　白水社）、『落語登場人物事典』（白水社）等。

昭和も遠くなりにけり

二〇一九年八月二五日　印刷
二〇一九年九月　五日　発行

著　者 © 矢野誠一（やのせいいち）
発行者　及川直志
印刷所　株式会社　理想社
発行所　株式会社　白水社

東京都千代田区神田小川町三の二四
電話　営業部〇三（三二九一）七八一一
　　　編集部〇三（三二九一）七八二一
振替　〇〇一九〇―五―三三二二八
郵便番号　一〇一―〇〇五二
www.hakusuisha.co.jp

乱丁・落丁本は、送料小社負担にてお取り替えいたします。

株式会社松岳社

ISBN 978-4-560-09717-5

Printed in Japan